Practicando

MAGIA
BLANCA

Acerca del Autor

Brandy Williams (Washington), es una alta sacerdotisa wicca
y mago ceremonial, y lleva más de veinticinco años practicando y enseñando magia. También es una erudita, músico
y artista.

Practicando

MAGIA
BLANCA

*Amor, protección,
limpias, dinero*

Brandy Williams

Traducido al idioma español por

RUBIEL LEYVA • EDGAR ROJAS

Llewellyn Español
Woodbury, Minnesota

PRIMERA EDICIÓN
primera impresión, 2006

Coordinación y Edición: Edgar Rojas
Diseño de la portada: Ellen Dahl
Diseño del interior: Joanna Willis
Fotografía de la portada: Dong Deutscher
Traducción al idioma Español: Rubiel Leyva, Edgar Rojas
Imágenes 61, 84, y 132: Llewellyn Art Department
Título original: *Practical Magic for Beginners:
Techniques and Rituals to Focus Magical Energy*

Library of Congress Cataloging-in-Publication Data (pending)
Biblioteca del Congreso. Información sobre esta publicación (Pendiente)

ISBN 13: 978-0-7387-0861-4
ISBN 10: 0-7387-0861-5

Llewellyn Español
Una división de Llewellyn Worldwide, Ltd.
2143 Wooddale Drive, Dept. 0-7387-0861-5
Woodbury, MN 55125-2989 U.S.A.
www.llewellynespanol.com
Impreso en los Estados Unidos de América

*A Theodore Gill, mi más fiel compañero
de enseñanza, lector, seguidor y amor.*

Contenido

CONTENIDO

Ejercicios

Capítulo 1

Capítulo 2

Capítulo 3

Capítulo 4

Capítulo 5

Capítulo 6

Capítulo 7

Capítulo 8

Capítulo 9

Capítulo 11

Capítulo 12

Introducción

Introducción a la magia práctica

La magia es el arte de lo posible. Entender qué es la magia y cómo usarla nos da el invaluable poder de escoger. Podemos decidir dónde queremos vivir, cómo trabajar, la clase de amante que queremos en nuestras vidas. La magia puede darnos la libertad y el conocimiento para seguir una senda espiritual.

El poder de escoger no ocurre sólo por saber el hechizo correcto. Si bien la hechicería es una rama respetable de la magia con mucho conocimiento útil para ofrecer, colocar los ingredientes adecuados juntos y decir un verso que rime no necesariamente logrará el resultado que deseamos. Para obtener resultados confiables debemos poseer las habilidades para hacer que el hechizo funcione. Para adquirir esas habilidades, necesitamos ejercitarlas y ejercitar nuestros músculos mágicos. También debemos comprender por qué funciona la magia y qué procesos subyacen bajo las acciones que realizamos para afectar al mundo.

Cuando se ejercitan por primera vez las habilidades mágicas, los cambios ocurren con rapidez. La acción más pequeña tiene resultados positivos inmediatos. Esto es porque nuestra cultura ha descuidado la magia durante muchos siglos. Hemos perdido el contacto día a día con las energías de la tierra, los planetas y nuestras propias mentes, las conexiones que nos hacen consciente de los procesos que moldean el mundo. La magia nos pone en contacto con esas energías una vez más. A medida que continuamos desarrollando habilidades mágicas, creamos las bases para acciones rituales más complicadas. Mientras hacemos magia para mejorar nuestras vidas, encontramos que nuestras vidas se han vuelto más mágicas. Nos estamos moldeando a nosotros mismos para moldear al mundo.

Muchas religiones y filosofías utilizan algún tipo de magia en su práctica espiritual. Hoy, la magia no goza de buena aceptación entre la mayoría de los cristianos, aunque en tiempos Helenísticos los cristianos utilizaban hechizos junto con los judíos y los paganos. Este libro no toma en cuenta si usted es cristiano, wiccan, pagano, budista, hindú, musulmán o ateo; si usted es masón, rosacruciano o teosofista; si usted es negro, blanco o de varios colores, hombre, mujer o transexual, joven o viejo. La magia es para todos. Usted puede combinar las técnicas que aprenderá en este libro con cualquier sistema religioso o filosófico o utilizarlas para sí mismo.

En este libro aprenderemos un vocabulario: ¿Qué es la energía? ¿Qué significa exactamente conectarse a tierra? ¿Qué es una custodia? Aprenderemos técnicas básicas de protección, para nosotros mismos y para nuestras posesiones. Aprenderemos cómo purificarnos a nosotros mismos y a nuestros hogares de energías no deseadas a nuestro alrededor y cómo atraer las energías que sí deseamos. Veremos el efecto del tiempo en los rituales. Examinaremos los procesos mágicos que subyacen bajo los hechizos y lo que hace que los ritos funcionen. Aprenderemos una metodología ritual que nos permite recopilar nuestros propios ritos. Finalmente, hablaremos de los resultados obtenidos y veremos algunos ejemplos de rituales creados, diseñados para lograr resultados específicos en el mundo real.

Este libro es corto en teoría y largo en práctica. Desde el primer capítulo saltamos a los ejercicios que ponen la lección en práctica. Luego, usted puede ajustar estas lecciones a cualquier sistema religioso, filosófico o mágico con el que simpatice y cualquier sistema le suministrará una mayor cantidad de teoría acerca de la razón por la cual el ritual funciona en la forma en que lo hace. Este libro se concentra en las técnicas que son de inmediato puestas en práctica.

Cualquiera que sea la senda en la que se encuentre, este libro le brinda las herramientas para poner en el camino correcto su vida física y suministra una sólida base para sus búsquedas espirituales. Con las técnicas de la magia ritual podrá continuar con el estudio de una de las ramas de la brujería; la magia ceremonial, incluyendo el Golden Dawn, Aurum Solis y los sistemas Telémicos; cualquiera de

las religiones Neopaganas sobrevivientes y sus reconstruc-
ciones; la cristiandad gnóstica; el judaísmo místico; sufismo
(misticismo islámico); o cualquier religión o filosofía que
escoja. O, simplemente puede utilizar la magia ritual como
una forma de organizar su trabajo de hechizo y vivir una vida
más feliz. ¡Lo que haga con este poder depende de usted!

La magia práctica describe la clase de magia que le ayuda
a vivir su vida de la manera en que quiera vivirla. Esto también significa que a medida que desarrolla sus habilidades,
usted ve el mundo cada vez más como un lugar mágico.
Cada vez más fácil ver y utilizar los procesos que moldean
el mundo y su experiencia en él. La magia se convierte en
su forma de vivir.

Introducción al autor

Siempre que leo un libro sobre magia, siento curiosidad
acerca del autor. ¿Quién es la persona? ¿Cuál es su experiencia? ¿Ha puesto en práctica los ejercicios de los que habla o
está realizando un experimento —conmigo—? Mis libros
favoritos son aquellos que discuten las experiencias de los
escritores y suministran historias acerca de la forma en que
los ejercicios funcionaron para ellos.

Así que voy a darle una breve presentación de quién soy
yo. He tenido una carrera mágica diversa. Durante mi adolescencia y cuando tenía alrededor de veinte años estudié
varias artes marciales. Aprendí los 108 movimientos de una
forma completa de tai chi. Tomé un curso de aikido para

principiantes con el cual aprendí cómo respirar y a mover la energía en mi cuerpo y tomé uno de tae kwon do en donde aprendí cómo bailar con un oponente. También estudié un poco de yoga, el cual de manera similar enfoqué hacia respirar y encontrar la energía propia. Este entrenamiento afectó mi entendimiento de la energía, al menos tan profundamente como cualquiera de las disciplinas mágicas formales.

También estudié técnicas psicológicas. Leí a Freud, Jung y a Adler, así como los estudios de la Programación Neuro-Lingüística de Bandler y Grinder. La visión del mundo de la NLP (Siglas en inglés de Programación Neuro-Lingüística) me afectó profundamente, ya que esta es inminentemente práctica; está enfocada en lo que el terapista puede ver y en la forma en que los sentidos trabajan para representar el mundo. Mantener la NLP en mente ayuda a darle sentido al revoltijo de las prácticas de magia.

Dediqué mi adolescencia tratando de descubrir en qué creía. Cuando descubrí la brujería sentí que había llegado a casa. "Una vez bruja, siempre bruja" decía un refrán en uno de los libros que leí en mis inicios y sentí que ya era una bruja. Más tarde encontré una línea wiccan tradicional que estaba dispuesta a iniciarme. Wicca todavía es mi primer amor como religión.

Hacia el final de mis años veinte realicé un retiro por tres años viviendo y trabajando en una huerta de manzanas y estudiando magia ceremonial. Estudié las conferencias de conocimiento del Amanecer Dorado y todos los ejercicios de los libros del Aurum Solis. Luego estudié la filosofía y la religión de Telema. Después de mi retiro de la cábala, me mudé de regreso a una ciudad grande y me volví muy activa en la comunidad neopagana, creando rituales y congregaciones.

Tanto mi trabajo de reconstrucción pagana como mi trabajo de magia ceremonial me llevaron al estudio de la historia, la cual conserva mi pasión duradera. Descubrí que los fundamentos de las ciencias ocultas de hoy descansan en una serie de ideas y rituales reunidos en la Hermética y en los papiros mágicos griegos. Por ejemplo, la idea de cuatro puntos cardinales, cuatro vientos y cuatro arcángeles se encuentran todos en estos documentos, los cuales tienen dos milenios de antigüedad. La cultura helenística que produjo estos textos mezcló fuentes cristianas, judías, griegas, babilónicas y egipcias. Estas técnicas e ideas mágicas se difundieron ampliamente alrededor del mundo. Los textos hindúes hablan acerca de los cuatro puntos cardinales y el mundo árabe islámico absorbió una buena cantidad de doctrinas herméticas.

He enseñado junto con un grupo de varios profesores rotantes en una serie de clases que denominamos "Escuela de la Noche". Nuestra clase más popular era un curso de ocho semanas sobre fundamentos de magia. En estas clases utilicé todas mis experiencias en artes marciales, psicología, brujería, magia ceremonial, Thelema, construcción ritual de grupo e historia para reunir un conjunto recortado de técnicas que podían ser aprendidas por cualquier persona que sintiera deseo de explorar la magia. Hoy continúo dando clases de magia tanto a principiantes como a practicantes experimentados, a Wiccan, paganos y magos ceremoniales y a cualquiera que esté interesado en aprender sobre las artes ocultas.

Este libro es el resultado de esas clases. Me apresuro a agregar que, aunque en ocasiones he enseñado con otros, asumo toda la responsabilidad del material de este libro —tanto de sus virtudes como de sus fallas—. La gente me pide que les suministre material escrito para aumentar las clases que les doy, pero necesitaría un texto que pudiera darle a la gente y decirles: "Aquí tiene, ¡esto lo va a iniciar a usted!".

A pesar de lo mucho que estudio, me doy cuenta que soy apenas una principiante en las ciencias mágicas. Hay tanto por aprender, tantas avenidas por explorar que pueden ocupar fácilmente toda una vida feliz. Espero continuar aprendiendo y creciendo durante todos los años que están por venir.

Los ejercicios y ritos de este libro no sólo son para principiantes. Yo siempre regreso una y otra vez a ellos. Esto es lo que utilizo día tras día: conectar a tierra, centralizar, proteger, custodiar mi casa y mi auto, trabajar ritos pequeños para la amistad, el amor y la prosperidad. Estas son habilidades fundamentales no porque se aprenden y se olvidan o porque se aprenden y se avanza a cosas más grandes y mejores, sino porque son las habilidades que se utilizan una y otra vez todos los días de su vida mágica.

Moviendo la energía

Cada ritual —de hecho, todo acto mágico— que realizamos se basa en la capacidad de mover la energía a través de nuestros cuerpos. Entender la energía es la clave para entender cómo funciona la magia. Esta es la palabra que escuchamos con más frecuencia cuando se habla de magia y es la menos bien definida. La mayoría aprendemos lo que significa la palabra del contexto —la forma como la gente habla sobre la energía—.

La palabra energía significa algo diferente para un científico. Si conoce las definiciones científicas de la palabra, es muy tentador utilizarlas para explicar la energía mágica, así que es importante tener en mente que no son lo mismo. El entendimiento científico de la energía es, en el mejor de los casos, una metáfora para la energía mágica; si se apoya demasiado en las definiciones de la ciencia, corre el riesgo de limitar su entendimiento de cómo funciona la energía en las ciencias ocultas.

En la vida diaria hablamos de la energía que produce la electricidad, la cual recorre la casa al encender un interruptor. Las compañías compran y venden este tipo de energía como una comodidad. También hablamos de energía física (la capacidad de trasladarnos de un sitio a otro o si estamos cansados o frescos y relajados) y de energía emocional (si estamos deprimidos o excitados y ¡listos para la partida!).

En términos mágicos la energía significa algo diferente de todas esas definiciones. Es un poder que no podemos medir con un instrumento. Los magos hablan sobre un cuerpo de energía, el cual puede circular y almacenar energía. También existe la energía de las fuerzas que están a nuestro rededor: los elementos de fuego, viento y agua, el planeta tierra y los otros planetas del sistema solar. Entendemos la energía de estas fuerzas y cómo se entrelazan en nuestro mundo.

La energía se mueve constantemente dentro del cuerpo humano. Usted puede atraer energía de otras fuentes y hacerla circular dentro de sí mismo. También puede utilizar su cuerpo para mover la energía circundante en un espacio ritual. En este capítulo nos enfocaremos en la manera en que la energía personal interactúa con la energía del ambiente y cómo controlar esa interacción conscientemente.

El cuerpo viene equipado con su propia energía humana. Los practicantes de artes marciales algunas veces llaman a esta energía *chi* o *ki*. Usted la puede sentir con facilidad al levantar las manos.

SINTIENDO LA ENERGÍA

Levante las manos al nivel del pecho y voltéelas de forma que las palmas se enfrenten una con la otra. Manténgalas así durante un momento. Usted ha establecido una conexión de energía entre sus manos. ¿Qué experimenta? ¿Ve la energía o la siente? Dedique un momento para notar su reacción antes de continuar con la lectura.

No importa si no siente nada; puede llevar un tiempo antes de ser consciente del chi. La gente con frecuencia describe la sensación de energía fluyendo entre sus manos como hormigueante o cálida. Incluso pudo haber notado que sus manos empezaron a calentarse y haber sentido una presión contra sus palmas. Muchos utilizan analogías físicas para describir la energía: color o brillo (rojo o amarillo, opaco o brillante), textura o temperatura (suave o áspero, caliente o frío) y tono o volumen (alto o bajo, fuerte o tenue).

Así como el cuerpo físico tiene órganos y vasos sanguíneos, el cuerpo de energía tiene *chakras* (centros de energía) y *meridianos* (canales de energía). El cuerpo de energía o cuerpo sutil también tiene una piel: *el aura*. La energía está circulando constantemente dentro de su cuerpo de energía. Nosotros la tomamos y la abandonamos, la utilizamos en la actividad y la reaprovisionamos.

La salud es esencial para la práctica de la magia ritual. Si el cuerpo físico está minado, el cuerpo de energía también va a estar afectado. Eso no significa que usted no pueda hacer estos ejercicios —usted puede—. Comience a circular energía

11

ahora y así limpiará el cuerpo físico. ¡Sólo implemente unos mejores hábitos de salud!

También es importante poner atención a la salud del cuerpo de energía. Podría causar daño a su cuerpo de energía de la misma manera como puede hacerlo con su cuerpo físico. La circulación de energía ayuda a mantener limpios los canales y a circular libremente y la protección de las chakras ayuda a evitar que se anude o se pierda la energía.

La mayoría del trabajo de energía involucra la columna central. Ésta es un camino que atraviesa el centro del cuerpo desde la cabeza hasta los pies. Los centros de energía o chakras están localizados a lo largo de la columna central. Los meridianos del cuerpo de energía se extienden desde la columna central y se ramifican a lo largo de sus brazos y piernas. También existen centros de energía que brindan y toman energía en la palma de sus manos y en las plantas de sus pies (ver Figura 2 en el capítulo 7).

Por lo general no notamos el bombeo del corazón y la mayoría de las veces no somos conscientes del proceso de respiración. De la misma manera, la circulación de la energía en el cuerpo de energía continúa en un nivel por debajo de la conciencia consciente. Podemos estar conscientes de la energía así como podemos ser conscientes de nuestros latidos del corazón. De hecho, notar los latidos del corazón y la respiración es una buena forma de aprender sobre nuestra energía.

RESPIRACIÓN CONSCIENTE

Siéntese en una silla cómoda o en el piso con las piernas entrecruzadas. Localice su pulso tocando su muñeca o cualquier otro lugar en donde pueda encontrar un latido del corazón. Ahora inhale durante cuatro latidos del corazón, aguante la respiración durante dos latidos, exhale durante cuatro latidos y sostenga su exhalación durante dos latidos. Haga esto cuatro veces.

Esto puede sentirse un poco extraño la primera vez que lo haga. Puede encontrar que los latidos de su corazón se hacen más lentos. Eso está bien, simplemente continúe contando. Puede encontrar que está respirando muy rápido o muy lentamente, dependiendo de lo rápido que esté latiendo su corazón. Si respira lentamente, toma gran cantidad de oxígeno, la cual puede causarle un pequeño mareo. Todos estos efectos desaparecen con la práctica.

Muchas técnicas de ritual asumen que somos capaces de controlar la respiración. Podemos utilizar la respiración para atraer una clase de energía dentro del cuerpo. Podemos utilizar una respiración rítmica para sincronizar una operación determinada. Debido a que el aire es vital para la existencia en este planeta, éste puede convertirse en un conductor de las energías más sutiles con las que trabajaremos.

La energía personal existe dentro del campo de energía de la tierra e interactúa con la energía de la tierra. Así como constantemente estamos tomando energía física del aire que respiramos, del agua que bebemos, de la comida que comemos y de la luz del sol sobre nuestra piel, así nuestro cuerpo de energía constantemente está tomando y brindando energía de las fuerzas que se encuentran a nuestro rededor.

La energía del cuerpo está especialmente ligada con la energía de la Tierra y del Sol. Todos nos movemos dentro del campo de energía de la tierra. Algunas veces pensamos que caminamos sobre la tierra, pero en realidad estamos caminando dentro de la tierra, así como nos movemos dentro de una atmósfera que se extiende muchas millas por encima de nosotros. La energía de la tierra nos rodea —por debajo, por encima y en todo el rededor— y nos sostiene durante toda nuestra vida.

Podemos aprender a dirigir conscientemente la energía de la tierra hacia dentro de nuestros cuerpos. Esto sirve como una fuente de energía inmediata cuando estamos cansados. De la misma manera, podemos aprender a tomar el exceso de energía de nuestros cuerpos. Algunas personas se refieren a este ejercicio como conexión a tierra. La idea de la conexión a tierra es equilibrar el estado de su cuerpo de energía con la carga en la energía de la tierra alrededor suyo. Si estamos bajos de energía, podemos tomar un poco de la tierra y si tenemos gran cantidad de energía y nos torna nerviosos, podemos regresar a la tierra el exceso.

TOCANDO LA TIERRA: LA MONTAÑA

Quítese los zapatos y las medias y párese sobre el piso. Si puede salir al aire libre, es aconsejable hacer este ejercicio sobre la tierra al descubierto. Sienta y vea la energía moviéndose desde la tierra a través de las plantas de sus pies, dentro de su cuerpo, subiendo por sus piernas, arriba de su columna central, hacia la cima de su cabeza.

Ahora empuje la energía desde la cima de su cabeza de regreso hacia abajo por la columna central, a través de sus piernas y dentro de la tierra.

La conexión a tierra es la mitad del proceso de conexión a tierra y *centralización*. Centralización significa averiguar dónde está la energía en su cuerpo e iniciar todos los movimientos de los cuerpos y de la energía a partir de una sensación de calma y poder.

La forma más fácil para centralizar es enfocarse en una parte del cuerpo que los practicantes de las artes marciales denominan el *punto uno* o *tan t'ien*. Este es un punto en el abdomen de unos dos dedos de ancho debajo del ombligo. Este es el centro de gravedad del cuerpo, el punto del equilibrio físico. El punto uno es un lugar muy conveniente para empezar y finalizar las circulaciones de energía.

ENCONTRANDO EL CENTRO

Párese con los pies separados a la altura de los hombros. Doble las rodillas ligeramente. Ponga su atención en su punto uno. Ahora balancéese hacia delante y hacia atrás. Disminuya el balanceo gradualmente hasta que quede en equilibrio y se detenga. Enseguida, balancéese de un lado hacia el otro. Disminuya el balanceo hasta que encuentre su centro de equilibrio y se detenga en forma natural.

Podemos mover la energía hacia adentro y hacia fuera del cuerpo a través de las plantas de los pies. También podemos repartir y tomar energía a través de la cima de la cabeza. El ejercicio del árbol nos entrena para obtener energía de la tierra y circularla. También ayuda a purificar y equilibrar el cuerpo de energía.

EL ÁRBOL

Sienta y vea la energía saliendo como raíces de su punto uno, bajando por sus piernas, hacia las plantas de los pies. Ahora empuje esas raíces hacia abajo dentro de la tierra. Continúe empujando hacia abajo, tan lejos como pueda ir, hasta que sienta que sus raíces se detienen de forma natural.

Cuando haya alcanzado su profundidad, vea y sienta la energía subiendo a través de sus raíces, a través de las plantas de los pies y dentro de su punto uno.

En seguida, sienta y vea la energía subiendo por su columna central, hacia la cima de su cabeza, y luego un poco hacia un chakra o globo a unas pocas pulgadas por encima de su cabeza. Permita que la energía invada desde ese centro y se riegue hacia abajo a su alrededor de regreso hacia dentro de la tierra.

Usted está circulando la energía de la tierra hacia arriba a través de sus raíces, fuera de la cima de su cabeza y de regreso a través de sus raíces de nuevo.

Cuando haya terminado, permita que la energía caiga de nuevo por la columna central a su punto uno. Sienta y vea sus raíces ascendiendo de regreso a través de la tierra, a través de las plantas de los pies y de regreso dentro de su punto uno.

Tomamos energía de la tierra de forma natural. Al igual que otras cosas vivientes, también tomamos energía del sol y en menor cantidad de la luna. También podemos aprender a circular conscientemente la energía solar y lunar a través del cuerpo de energía.

SOL Y LUNA

Párese en un lugar donde pueda ver la luna o el sol. Es bonito si la luz puede estar tocando su piel pero no es necesario. Ahora vea y sienta el centro de energía justo arriba de su cabeza. Vea y sienta la luz de la luna o del sol entrando a ese centro. Llévela abajo a través de la columna central hacia su punto uno. Desde allí empuje la energía hacia fuera a lo largo de sus brazos y a lo largo de sus piernas. Siéntala llenar su cuerpo.

Cuando haya terminado, deje que la energía se mueva hacia abajo por sus piernas a través de las plantas de los pies y dentro de la tierra.

Una vez nos hayamos llenado de energía, podemos utilizarla en un trabajo de magia o podemos empujarla de regreso hacia dentro de la tierra. No retornamos la energía solar y la energía lunar empujándolas hacia arriba por la columna central de regreso hacia el cielo. Siempre que hayamos generado más energía de la que podamos utilizar en un ejercicio de energía, lo mejor que podemos hacer es empujarla hacia abajo de regreso hacia dentro de la tierra. Existen dos razones para esto. Primero, mover la energía hacia abajo por la columna central es lo más seguro para el cuerpo humano, ya que esto tiende a equilibrar y a calmar su energía. Además, el cuerpo humano de energía sintoniza más con la energía de la tierra y pertenece al campo de la tierra. Podemos atraer energía de los planetas pero es mucho más difícil intercambiar energía y regresarla —ésta estará moviéndose todavía a través del campo de la tierra—. Así que, para conectar a tierra el exceso de energía, la ponemos abajo dentro de la tierra.

Con los ejercicios de este capítulo hemos empezado a tomar control consciente del cuerpo de energía. En los capítulos siguientes estudiaremos los sentidos de la vista y del oído, el movimiento y aprenderemos a trabajar más efectivamente en el mundo mágico.

Expandiendo los sentidos

La práctica de la magia involucra diferentes tipos de sensación. Todos aprendimos durante el transcurso de la niñez que el mundo real está compuesto de objetos físicos que pueden ser medidos, probados y universalmente conocidos. Cuando sus amigos se reúnen alrededor de una mesa, todos están de acuerdo en que la mesa existe. Todos aprendimos que tenemos cinco sentidos, tres de los cuales son principales y dos secundarios: el sentido de la vista, el oído y el tacto y los sentidos menos utilizados del gusto y del olfato.

También aprendimos que cualquier otro tipo de sensación es imaginaria. Existen dos mundos: el interior y el exterior. En el mundo exterior, todos están sentados alrededor de la mesa. Usted puede cerrar los ojos e imaginar que se encuentra en Tahití pero eso es sólo para usted y no es real.

La concepción mundial psicológica de la Programación Neuro-Lingüística tiene términos para definir estas dos experiencias: *uptime* lo cual es sentir con sus ojos, oídos y piel; y *downtime* lo cual es adentrarse en sí mismo y crear imágenes, sonidos y sensaciones. Esta es una interpretación muy útil a la cual volveremos en detalle.

El tipo de sensación que se considera legítima varía dependiendo de la moda cultural. Al final del siglo, la concepción mundial mecanística estaba tan arraigada que las ideas psicológicas no eran tenidas en cuenta. Las ciencias psicológicas lucharon fuertemente y durante mucho tiempo por su aceptación. Incluso ahora, tendemos a rechazar la validez de la experiencia personal, a menos que ésta pueda ser medida externamente y verificada por un observador independiente "objetivo". Si se experimenta algo que otros no, no es real.

Las ciencias ocultas llevaron a cabo una pugna similar por el respeto, estableciendo experimentos y cotejando los resultados, esperando ser aceptados dentro del gran mundo científico. Hoy en día existen asociaciones que continúan con este trabajo pero en general el paradigma psicológico ha absorbido la interpretación mágica. Si usted ve, oye o siente algo y sus amigos que están en la mesa no, entonces usted lo está inventando y no tiene una realidad externa. Esta división del mundo en lo físico y lo psicológico está tan arraigada en estos tiempos que poca gente recuerda la antigua interpretación de los sentidos como expansibles.

Existen personas que ven, oyen y sienten fenómenos que no son mesurables y que no todo el mundo puede experimentar. El lenguaje que describe estas sensaciones es parcialmente científico y parcialmente antiguo: *la percepción extrasensorial, lo supernatural, la clarividencia, los médiums y el profetismo.*

Quizás lo más difícil que se le pedirá que haga como mago será desarrollar la capacidad de explorar las sensaciones más allá de sus sensaciones físicas. Yo no le voy a decir que usted tiene que tirar por la borda la incredulidad de la ciencia en estas sensaciones. Voy a decir que si actúa como si estas sensaciones existieran, tendrá algunas experiencias interesantes y útiles.

Existen dos bloqueos emocionales para el desarrollo de la percepción psíquica. El primero es todos esos programas de ciencia para niños que "echan por tierra lo supernatural". Estos tienden a ser estricta propaganda. Ellos establecen una opinión desgastada y sostienen puntos de vista opuestos hasta el punto de caer en el ridículo. El segundo es la idea un tanto bien arraigada de que se debe nacer con el talento — que algunas personas tienen y otras no—.

De hecho, los magos han venido desarrollando habilidades psíquicas durante siglos. Aunque algunas personas pueden ser mejores en esto, todos pueden desarrollar suficiente habilidad psíquica para realizar magia ritual efectiva.

Existe una interpretación común interesante de los fenómenos psíquicos, la cual está fuertemente difundida. Casi todos hemos tenido una experiencia acerca de algo que es inexplicable y casi todos conocemos a alguien que ha tenido una premonición o aparición. Por ejemplo, el hombre que vio a su padre parado en la puerta y después se enteró que ese había sido el momento en el cual él estaba muriendo. La esposa del hombre tomado como rehén que nunca perdió la esperanza porque sabía que su esposo estaba vivo. El hombre que no se subió al avión porque tuvo un terrible presentimiento y el avión se estrelló y murieron todos los que estaban a bordo.

Muchos fenómenos psíquicos están asociados con fantasmas o con charlas con los espíritus. La interpretación Espiritualista de los médiums se enfoca principalmente en hablar a las personas que han muerto. Existe otro tipo de médium que involucra el hablar con los espíritus en otros planos o en otros planetas, llamado *canalización* o *canalización de trance*. El material de Seth de Jane Roberts es un buen ejemplo de esto.

En los capítulos siguientes exploraremos cada uno de estos tipos de percepción: utilizando las sensaciones externas, siguiendo el rastro del trabajo de las sensaciones internas y desarrollando las sensaciones psíquicas. Exploraremos cada uno de estos individualmente, aunque sí se entrelazan. Algunos fenomenólogos creen que existe un solo sentido que presenta información a nuestros cerebros sobre el mundo. El cerebro separa esta información en lo que conocemos como vista, tacto, oído, gusto y olfato. Sin embargo, es en el nivel de la raíz del sentido común que trabaja la percepción psíquica.

La exploración de los sentidos en la que estamos a punto de embarcarnos es un ejemplo del dictado de la alquimia *solve et coagula* o "separar y combinar". Miraremos cada uno de los sentidos a su vez: vista exterior y visualización; oído exterior y afirmación; sensación externa y sensación interna; observación, experiencia interior y sensación expandida. Luego combinaremos otra vez en un trabajo de magia ritual estas habilidades nuevamente desarrolladas.

Diarios

El primer ejercicio mágico es registrar el trabajo mágico que hacemos. Los magos tienden a llevar varios tipos de diarios. Muchos magos llevan una agenda diaria, bien sea privada o en línea, lo cual es un buen apoyo para la memoria. Podemos pensar que nunca olvidaremos este asombroso momento pero entonces cuando leemos apartes de una agenda un año después, descubrimos cuánto hemos olvidado. Una anotación en una agenda nos puede recordar detalles que de otra manera olvidaríamos.

Muchos magos llevan diarios pero esto no es un requerimiento. Sin embargo, casi todos los magos conservan un registro de sus trabajos mágicos. Si una operación resulta exitosa, sabemos que fue lo que hicimos bien y si no resulta como se planeó, podemos revisar para ver cuál fue el error. Podemos comprometernos con un trabajo que se materialice varios años después o que resulte ser el primero de una larga serie de trabajos y nos gustaría saber exactamente lo que hicimos esa primera vez.

Cuando registre un trabajo anote la fecha, incluyendo el año. Es muy frustrante encontrar un trozo de papel amarillento marcado con "julio 9". ¿De qué año? También anote la hora y el lugar. También puede apuntar la fase de la luna y cualquier evento inusual, tal como un eclipse solar. Usted puede calcular siempre las fases de la luna y las posiciones planetarias posteriormente si tiene la fecha, la hora y el lugar. Puede hacer un apunte largo, anotando un montón de detalles o solamente anotar lo esencial: "Hice el ejercicio de ayer. No pude recordar lo que almorcé".

DIARIO

Utilice un cuaderno que tenga espiral. Registre los resultados de uno de los ejercicios de este libro. Tome los resultados de otros ejercicios. Use un diario en blanco y utilícelo para registrar un ejercicio. Si posee un computador, trate de registrar uno de los ejercicios en línea.

Explorar diferentes tipos de diarios es divertido, incluso si se ha llevado algún diario por mucho tiempo. No sea tímido, ¡escriba en esas páginas! Llénelas. Escriba una lista de colores, los días de la semana o el pensamiento que esté rondando su mente en ese exacto instante.

En nuestra vida mágica llenaremos muchos, muchos diarios. Yo tengo dos cajas llenas de diarios físicos: fólderes con divisiones, cuadernos con espiral y pilas de diarios de todas las formas y colores. Tengo disquetes llenos de notas; tengo diarios en línea que contienen muchos megas de datos. A medida que pasa el tiempo los encuentro crecientemente valiosos. ¡Existen operaciones que realicé cuando estaba joven, las cuales nunca habría recordado si no las hubiese escrito!

Con los diarios a la mano estamos listos para iniciar nuestra exploración de la magia de los sentidos. En los siguientes tres capítulos, exploraremos la vista, el oído y el tacto mágicos.

Vista

La práctica de la magia involucra nuevas formas de ver. En el curso de la realización de un hechizo o de un ritual, visualizaremos el flujo de energía. Aprender a reconocer lo que vemos y cómo visualizar claramente ayuda a que los rituales trabajen en dirección al resultado deseado.

Así como observamos el mundo con la vista, el oído y el tacto, también representamos el mundo a nosotros mismos con imágenes, sonidos, palabras y sensaciones internas. Debatimos entre crear un mundo interior y observar el mundo exterior sin estar conscientes de la transición. La primera tarea es notar cuando la conciencia cambia del mundo externo al mundo interno. Así podremos ser efectivos para observar con los ojos, los oídos y la piel y practicar las habilidades involucradas en la creación de un mundo interior.

NOTAR EL MUNDO: LOS COLORES

Encuentre un lugar en donde pueda hacer este ejercicio cómodamente. Puede ser en su casa, su oficina o viajando al trabajo en un bus, en tren o en ferry. En su casa se puede sentir un poco menos inseguro, pero en el mundo externo tiene muchos más estímulos. Coloque un cronómetro durante un minuto o un reloj a la vista. Ahora mire a su alrededor. ¿Cuántos colores ve? Continúe contando hasta que termine el minuto.

¿Su mente se distrajo durante el ejercicio? ¿Se encontró a sí mismo pensando acerca de lo que preparó para el almuerzo, de lo enfadado que está con su jefe, de lo feliz que se encuentra porque va a ir al cine mañana? La mayoría de las personas encuentran difícil concentrarse durante un minuto, especialmente al comienzo. Yo he hecho este ejercicio con cientos de personas y ninguna de ellas pudo hacerlo por más de un minuto la primera vez que lo intentaron.

Una forma mejor de concentración es aprender ejercicios de relajación. Muchas disciplinas tales como yoga, budismo y las artes marciales enseñan ejercicios de respiración para silenciar la mente. El siguiente es mi favorito.

SILENCIAR LA MENTE

Siéntese cómodamente en el piso con las piernas entrecruzadas o arrodillado y siéntese sobre sus talones. Enfoque su mente en un punto. Inhale mientras cuenta hasta diez (puede utilizar los latidos de

su corazón o simplemente contar hasta diez). Contenga la respiración contando hasta tres. Ahora exhale
mientras cuenta hasta diez y contenga su respiración
contando hasta tres. Repítalo diez veces.

El objetivo del ejercicio es vaciar su mente y enfocarse sólo
en su punto seleccionado. Durante este ejercicio, los pensamientos casi ciertamente se revolverán en su mente. Si pierde
la cuenta, continúe en donde se perdió. Si mantiene el conteo
pero se distrae pensando en algo, tan pronto como note el
pensamiento, regrese su mente a su punto seleccionado.

Este es quizás el ejercicio más difícil de todo el libro.
Durante el proceso de aprendizaje nos han preparado
muy poco para permanecer así de quietos. Usted puede
tener aptitud para aclarar la mente, y puede tener éxito de
inmediato o puede tomarle años realizar las diez respiraciones sin tener un solo pensamiento. El éxito no se mide
por el tiempo en que pueda tener quieta su mente, sino
por el hecho de que usted está haciendo el ejercicio.

Con una mente más silenciosa podemos regresar a observar el mundo.

NOTAR EL MUNDO: LAS FORMAS

Programe un cronómetro por un minuto o coloque
un reloj a la vista. Ahora mire a su alrededor. ¿Cuán-
tas formas ve? Continúe contando hasta que se termine el minuto.

Cuando busca formas también está ocupando su mente en algo animado en qué enfocarse, de manera que para la mayoría de las personas este ejercicio hace un poco más fácil mantenerse todo el minuto sin que la mente divague. La diferencia entre contar respiraciones y contar formas es que contar respiraciones es meditación, mientras que contar formas es concentración. Nuevamente, si encuentra a su mente divagando, regrésela a la observación. Para este ejercicio, la idea es notar exactamente cuándo deja de observar y cuándo cae dentro de su propio mundo interior.

Utilizamos los ojos para ver el mundo y las imágenes para recrear el mundo. Las imágenes se dividen en dos categorías: aquellas que recordamos y aquellas que creamos.

MEMORIA VISUAL

Piense en una habitación de su casa. Si se encuentra en su casa en estos momentos no debe ser la habitación en la cual está. ¿De qué color es el piso? ¿En dónde están ubicadas las puertas dentro de la habitación? ¿En dónde están los interruptores de la luz?

CONSTRUCCIÓN VISUAL

¿Cómo se vería una jirafa de color verde limón? ¿Qué tal un caballo rosado?

Estos dos ejercicios señalan la diferencia entre las imágenes que recordamos y las imágenes que creamos. Más adelante regresaremos a la memoria. Por ahora, estamos interesados en la construcción de imágenes.

Muchas personas creen que no pueden crear imágenes. De hecho, si ya ha llegado a esta parte del libro, ha demostrado que puede visualizar —ha estado visualizando muchos de estos ejercicios, incluso sin haberlo notado—. Los humanos codifican la experiencia utilizando la vista, el sonido y las sensaciones; cada recuerdo captura la entrada de todos los sentidos. Sin embargo, la mayoría utiliza un modo de percepción y no está consciente de los otros. Si encuentra fácil crear imágenes, quizás le es más difícil entrar en contacto con lo que siente. Si encuentra fácil sentir, probablemente no ha aprendido cómo crear imágenes de forma consciente. La forma más simple de aprender a crear imágenes a voluntad es practicar.

VIENDO LAS FORMAS

Recorte formas de papel y péguelas sobre cartón. Las formas clásicas son el círculo, el cuadrado y el triángulo, pero en este ejercicio también debe cortar una forma de diamante. Puede hacerlas de diferentes colores; si desea utilizar los colores elementales construya un círculo azul, un cuadrado verde un triángulo rojo y un diamante amarillo. Sin embargo, es libre de utilizar cualquier forma o color que le agrade.

Ponga una de las formas enfrente suyo. Siéntese cómodamente. Utilice un ejercicio de respiración o de energía para conectarse a tierra y centralizarse. Mire la forma sobre el cartón. Ahora cierre sus ojos y vea la forma. Abra sus ojos, mire la forma y cierre sus ojos nuevamente.

Trabaje en cada una de las formas durante unos pocos minutos. Haga este ejercicio tres veces a la semana durante tres semanas.

Al final de las tres semanas de práctica, podrá cerrar sus ojos y visualizar cualquier forma que desee a voluntad. Además puede desarrollar esta habilidad imaginando objetos.

VIENDO LOS OBJETOS

Localice un objeto complicado, tal como un clavel o una naranja. Mírelo. Cierre sus ojos y visualícelo. Vea las curvas individuales de las hojas, los hoyuelos de la naranja, las gradaciones sutiles de color. Ahora gírela en su imaginación y véala desde otro ángulo.

Si puede visualizar una naranja y girarla a voluntad, habrá alcanzado una excelente maestría en habilidades de visualización. Mientras algunas personas encuentran esto fácil y otros lo encuentran difícil, cada persona con el sentido de la vista es capaz de visualizar a voluntad consciente.

Algunas operaciones mágicas requieren visualizar con los ojos cerrados durante períodos extendidos. Es más fácil hacerlo como si proyectáramos las imágenes en una pantalla. Esta pantalla flota a unas seis pulgadas de la frente —si dirigiéramos la vista ligeramente hacia arriba, la veríamos—.

VIENDO LOS OBJETOS EN LA PANTALLA

Cierre sus ojos. Note la pantalla de su imagen. Vea su nombre claramente proyectado sobre la pantalla.

La magia y el ritual con frecuencia requieren la visualización de formas. Dibujamos la energía en el aire y la visualizamos a medida que avanzamos. El siguiente ejercicio requiere visualizar con los ojos abiertos. De nuevo, para algunas personas es común e incluso más fácil visualizar con los ojos cerrados; para otros es más difícil. Al igual que cualquier ejercicio de visualización, todo esto requiere práctica.

VIENDO CON LOS OJOS ABIERTOS

Cierre los ojos. Imagínese una naranja. Ahora abra sus ojos y continúe viendo la naranja, flotando enfrente de sus ojos.

El contorno físico puede marcar la diferencia cuando visualizamos con los ojos abiertos. Un contorno ocupado y desordenado puede distraer y romper la concentración necesaria para crear la imagen. Por esto los magos trabajan en espacios que son dedicados al trabajo mágico, usualmente llamados *templos*. Si el espacio del templo tiene paredes blancas planas es mucho más fácil visualizar con los ojos abiertos.

Otra clase de visión con los ojos abiertos involucra ver la energía. Podemos ver la energía que utilizamos cuando nos movemos por el templo. Una forma fácil para empezar a ver la energía es aprender a ver el aura.

El aura es un campo de energía que rodea el cuerpo. Realmente es un traslapo del cuerpo de energía sobre el cuerpo físico. El aura puede reposar justo contra la piel o apartarse alguna distancia desde el cuerpo y puede ser de cualquier color. Es muy fácil ver, una vez que empezamos a mirar.

El siguiente ejercicio puede ser realizado solo. Es muy divertido trabajar con un compañero e incluso más divertido trabajar con todo un grupo de personas. Debe empezar con el ejercicio Viendo su Propia Aura, incluso si va a continuar trabajando con un compañero o un grupo.

VIENDO SU PROPIA AURA

Baje la intensidad de la luz. Póngase de pie mirando a un espejo y teniendo detrás de usted una pared vacía, preferiblemente de un color tenue.

Relaje los ojos de forma que enfoquen suavemente y, manteniendo sus ojos en el reflejo, permita que su atención se traslade a su visión periférica. Escriba lo que ve.

VIENDO EL AURA DE UN AMIGO

Haga que su amigo se pare enfrente de un fondo vacío y de un color tenue en una habitación ligeramente iluminada. Párese a unos cuatro pies de su amigo. Permita que sus ojos enfoquen suavemente y mire el borde de la forma del cuerpo de su amigo con el borde de su visión. Escriba lo que ve. Haga que su amigo mire su aura y compare las anotaciones. ¿Cómo vio a su amigo y qué vio su amigo cuando miró al espejo? ¿Cómo lo vio su amigo y qué vio usted en el espejo? ¿Fue lo mismo o diferente?

EJERCICIO DE AURA EN GRUPO

Haga que una persona se pare enfrente de un fondo vacío de un color tenue en una habitación algo iluminada. El resto del grupo mirará el aura de esa persona y escribirán lo que ven. Mire a varias personas antes de realizar las notas acerca de lo que ve.

Con frecuencia lo primero que notamos cuando miramos el aura de alguien es una luz azul flotando cerca de la piel. Esto es algo que el ojo ve naturalmente cuando empezamos a mirar un objeto con concentración. Lo que estamos buscando es una luz que probablemente se prolonga un pie o dos del cuerpo. Los colores comunes incluyen el azul, el verde, el amarillo y el blanco.

Es posible observar puntos o rayas de colores. Las partes del cuerpo pueden ser oscurecidas por un color negro o rojo. Las enfermedades físicas son reflejadas en el cuerpo de energía y cuando se mira un aura podemos ver puntos o rayas cerca del área perjudicada del cuerpo. Algunas veces el aura muestra una enfermedad antes de que se manifieste cualquier señal física.

En este capítulo aprendimos a visualizar conscientemente, a silenciar la mente y a ver auras. En el próximo capítulo trabajaremos en el sentido del oído y aprenderemos a notar cómo creamos sonidos internos y utilizamos sonidos en formas específicamente mágicas.

Sonido

El oído es el sentido del que la mayoría de nosotros somos menos conscientes de utilizar. Este es un mundo difícil para los sonidos. Existen tantas personas viviendo en el planeta que es muy difícil encontrar un lugar en el mundo en donde los humanos no estén produciendo algún sonido, y en algunos lugares, tremendas cantidades de sonido. La maquinaria también incrementa el volumen del sonido, especialmente en el ambiente urbano. ¡Vivir cerca de una autopista nos hace agradecer una tarde en el campo!

A continuación hay un ejercicio que se enfoca justo en el sonido. Varias disciplinas denominan este tipo de ejercicios como *estar aquí ahora*, *el momento* o *entrar en razón*.

NOTE EL MUNDO: CUENTE LOS SONIDOS

Programe un cronómetro durante un minuto. Cierre sus ojos. Durante un minuto, cuente los sonidos a su alrededor. ¿Qué tan fuertes son? ¿Cuál es su tono? ¿Puede identificar qué produce esos sonidos?

Este es un ejercicio interesante para realizar en muchos sitios diferentes: en un lugar público en donde hay gran cantidad de gente, en un parque o en un lugar donde hay gran cantidad de aves o en la casa. La identificación de sonidos puede ser interesante.

En una ocasión me mudé de una ciudad grande a un pueblo pequeño en el área rural de Washington. Todos los días escuchaba mi grabadora. Noté que había mucho silencio y eventualmente aprendí a apagar la música y a escuchar el viento en los árboles, los perros ladrando por todo el valle y las criaturas pequeñas susurrando en el césped. En la ciudad había crecido utilizando la música para enmascarar los sonidos de mi entorno; era mejor escuchar un sonido que yo había elegido que escuchar los sonidos a los que no podía escapar. Viviendo en un pueblo agrícola aprendí a disfrutar escuchando y a escuchar música cuando realmente podía poner atención a los sonidos.

Ahora vivo en un condado semi-desarrollado y trabajo en la ciudad. Cuando voy al trabajo a veces escucho música en un MP3. Cuando escribo o navego en la red escucho música, pero con más frecuencia abro la ventana y escucho el trinar de las aves en el bosque cercano.

LISTA DE MÚSICA

¿Qué clase de música escucha? ¿Cuándo la escucha?
¿Cómo lo hace sentir? ¿Hace sonar música de fondo
sin pensar en ella?

En la cultura occidental estamos acostumbrados a pensar
en la música como un entretenimiento. En otras culturas la
música también sirve a los propósitos de la magia, tales
como inducir el trance, llamar a los espíritus o alejarlos,
establecer los patrones para un baile o hacer una ofrenda a
las deidades.

Otro prejuicio de la cultura occidental es que existen quienes componen música y otros que la compran. En las culturas populares todos se unen para hacer música. Hacer su propia música, así como hacer cualquier otro artículo mágico,
ayuda a traer lecciones musicales caseras y genera que la
música que necesita hacer sea la que usted quiere que sea.

Tamborilear es una de las formas más básicas de hacer
música. Los golpes de tambor generalmente caen en golpes
basados en dos: **fuerte**, suave, **fuerte**, suave. La métrica doble
semeja el cuerpo humano: caminamos en dos etapas (**uno**,
dos, **uno**, dos) y nuestros corazones laten en doble tiempo
(**tun** tun, **tun** tun). Algo que se puede hacer con un tambor
es semejar los latidos del corazón. Los humanos encuentran
esto irresistible; es muy fácil caer en trance mientras se escu-
chan los latidos del corazón.

GOLPE DE TAMBOR

Si tiene un tambor, puede utilizarlo. De lo contrario, utilice dos palos o aplauda. Programe su cronómetro durante quince minutos. También puede grabar en un casete esta sesión. Golpee su tambor o aplauda semejando exactamente los latidos del corazón; si tiene un metrónomo puede fijarlo en 215 golpes por minuto. Haga el ejercicio durante todos los quince minutos.

¿Qué pensó, vio y sintió mientras tamborileaba durante quince minutos? ¿Se le dificultó? ¿Contó cada minuto o se sorprendió cuando se terminaron los quince minutos? Las personas con frecuencia encuentran más interesante golpear un tambor, el cual genera un golpe de percusión bajo y la vibración de una membrana, que utilizar las manos o los palos, los cuales generan un sonido alto y agudo. Muchos encuentran que el tamborileo es una actividad placentera —tanto que abundan festivales mundiales de ritmo por todo el país y los círculos de tamborileo (donde cualquiera con un tambor puede saltar y tocar) son populares en las ferias de verano—.

Hace algunos años mi aquelarre grabó una sesión de tamborileo a 215 golpes por minuto que duró quince minutos. Éste incluyó percusión profunda, tambores grandes tales como 'dumbeks' (tambores del Oriente Medio) y 'djembes' (tambores de origen africano) y percusión alta (como golpeteos sobre ahuyamas, claves y huevos). Muchas culturas utilizan la métrica de 215 golpes por minuto para inducir el trance. Nosotros entramos en trance mientras estábamos grabando ese casete y ahora lo utilizamos siempre que hacemos trabajo de trance en el aquelarre. Escuchar el casete nos pone automáticamente en un estado sugestivo. Este es uno de los posibles usos del casete que usted puede hacer.

Algunas culturas utilizan la percusión para disipar la energía en un espacio físico. Las orquestas budistas tibetanas utilizan grandes platillos de mano y pitos largos y estridentes para alejar las energías negativas de un espacio.

¡ALÉJATE!

Escoja para este ejercicio un momento en el que no vaya a ser molestado por sus vecinos o por las personas con quien vive. Tome una sartén y una cuchara o un silbato —cualquier cosa que produzca alboroto—. Camine por su espacio dando golpes en la sartén o soplando el silbato.

Puede escoger decir o gritar algo a medida que realiza el ejercicio, como "¡Este espacio está limpio!". ¿Nota alguna diferencia en su casa después de hacer el ruido? ¿Cómo se siente al estar en su espacio? Un buen momento para hacer esto es cuando haya tenido una pelea y hay mucha energía negativa por toda la casa.

Las operaciones mágicas con frecuencia utilizan la percusión para marcar un lugar en particular en la ceremonia. Podemos aplaudir al final de un rito para disipar todas las energías que persistan o utilizar una percusión aguda al comienzo de un ritual para limpiar el espacio para las energías que vamos a invocar. También podemos hacer sonar una campana melodiosa para marcar un lugar en el ritual en donde la energía cambia.

Los magos utilizan con mucha frecuencia la voz en las operaciones mágicas. Este es un instrumento tremendamente flexible. La voz puede producir cualquier sonido necesario. Los magos dicen palabras mágicas, frases y encantamientos y nombres de poder. Podemos cambiar la voz, hablando algunas palabras en un tono más alto y los nombres de poder en un tono más bajo.

Una cosa que los magos aprenden a hacer prontamente es a leer frases mágicas con voz solemne y firme llamada *entonación*.

LEER UN POEMA

Encuentre un lugar para trabajar en el cual pueda estar solo y no pueda ser escuchado por nadie: su apartamento, su habitación, el baño, en un parque público, en cualquier sitio en el que pueda encontrar algún espacio personal. Escoja un poema que disfrute. Léalo en voz alta a sí mismo. Lea un renglón muy rápido y el siguiente muy lentamente. Lea el siguiente renglón con voz fuerte y el que sigue con voz suave. Diga un renglón en tono muy alto y uno en voz muy baja. Ahora combine estos: lea un renglón en voz alta, suave y rápidamente y lea otro en voz baja, fuerte y lentamente.

Esto es más importante para conocer el rango de su voz y para poder variar la forma en que está diciendo lo que está diciendo que para producir cualquier efecto en particular.

La técnica específica que los magos utilizan cuando trabajan con palabras de poder es hacerlas *vibrar*. Para aprender a vibrar un sonido debemos aprender nuestra propia *nota vibracional*. La nota vibracional es una frecuencia particular a la cual resuena nuestro cuerpo. Podemos encontrar fácilmente nuestra nota expresando una vocal.

ENCONTRAR TU NOTA VIBRACIONAL

En un lugar privado respire profundamente, abra su boca muy ampliamente y pronuncie el sonido vocálico "a" en una sola nota. Comience con una nota baja. Tome otro respiro y pronuncie "a" en una nota un poco más alta. Continúe elevando el tono y luego disminúyalo. Una de las notas que pronuncie tendrá una sensación diferente: usted puede sentir una sacudida, un hormigueo o una resonancia en su pecho. Puede escuchar un sonido diferente, como si fuera más grande o más grueso. Esa nota es su nota vibracional particular.

Los sonidos más gruesos que escucha son matices o armonía. Cada nota que usted dice o canta tiene matices, pero cuando toca la nota vibracional, puede escucharlos más claramente. Algunas tradiciones cantadas, como la tradición religiosa de los monjes budistas tibetanos, enfatiza los sonidos armónicos al extremo que parece que hay más de una voz saliendo de una sola garganta. Usted puede agregar el poder de los matices a la voz.

CANTANDO LOS MATICES

Permanezca de cara a una pared, de forma que el sonido que haga retorne fácilmente a usted. También puede intentar este ejercicio en la ducha. Haga sonar su nota vibracional acomodando su boca para un "oh". Arquee el paladar mientras abre la parte posterior de la garganta. Si la idea todavía es un poco vaga, simplemente arquee el paladar. Escuche los sonidos más altos además de la nota que está cantando.

Si practica constantemente este ejercicio, le será más fácil cada vez escuchar los matices. No se trata de encontrar un tono en particular o de cambiar de un tono a otro. Usted simplemente está encontrando el sitio en el que usted mismo vibra cuando produce ese sonido. La nota puede variar en tono pero lo importante es producir el sonido que se sienta bien mágicamente.

Muchas culturas utilizan la voz para inducir un estado de trance en el cantante y en quien escucha. Un canto es una canción muy corta con unas pocas palabras o una vocal cantada con unas pocas notas repetidas. La forma más simple de canto es cantar vocales en una sola nota.

CANTAR LAS VOCALES

Programe su cronómetro durante un minuto. Cante "aa ee ii oo uu" en una sola nota, preferiblemente su nota vibracional. Arquee el paladar para acentuar los matices.

¿Qué pensó acerca de vio, escuchó o sintió durante el minuto que estuvo cantando? Muchas personas encuentran que la repetición de sonidos es muy hipnótica, relajante y tranquilizante. Esta es otra práctica que puede realizar para silenciar la mente antes del ritual.

En trabajo de grupo puede ser muy útil para que todos canten "om" o realizar el canto de vocales antes de trabajar la magia. El canto pone en armonía las energías dispares de cada uno entre sí y provee centralización a un grupo, el cual puede así enfocarse en la magia específica directamente.

Todas estas son formas en las que podemos producir sonidos externamente. ¿Y qué tal de los sonidos que hacemos internamente? La mayoría de nosotros hemos interiorizado voces que nos dicen cosas sobre nosotros mismos. Algunas veces provienen de nuestros padres o de nuestros maestros o posteriormente de nuestros amantes y cónyuges. Algunas veces nos dicen cosas positivas; en otras ocasiones refuerzan creencias negativas, a veces hasta el extremo que nos paralizamos y no podemos hacer ciertas cosas o creer en nosotros mismos. Muchas formas de terapia tienen que ver con la identificación de voces que dicen cosas negativas y con el aprendizaje para enfrentarlas y anularlas.

APAGAR LOS SONIDOS

Si usted advierte una voz que le dice cosas negativas acerca de sí mismo, imagine que está bajando el volumen de ésta utilizando un dial de volumen. La voz se hace cada vez más silenciosa hasta que finalmente usted apaga el sonido completamente.

También podemos utilizar esta técnica para enfrentar a la música que se pega en nuestra cabeza. Otra forma en la que ganamos el control de una canción que nos perturba es elegir escuchar otra canción —el DJ dentro de nuestra cabeza— sustituye nuestra propia sintonización por aquella con la que somos felices repitiéndola. Si utilizamos la misma canción como la canción sustituta cada vez que se nos pega la música, podemos combinar estas dos técnicas. Simplemente cambie la música pegada hacia la canción sobrepuesta y después utilice el control de volumen para disminuirla y luego apagarla.

De forma similar, podemos sobreponer las voces negativas de nuestras cabezas con voces positivas, dándonos a nosotros mismos *afirmaciones*. Las afirmaciones son declaraciones que nos decimos a nosotros mismos acerca de cosas que deseamos manifestar. Son oraciones que podemos decir fuerte o silenciosamente a nosotros mismos, utilizando el sentido interior del oído.

He aquí un par de buenas reglas generales para escribir afirmaciones:

1. **Utilice el tiempo presente.** Diga "Yo soy", no diga "Voy a ser" o "Yo seré". ¡Si ponemos la afirmación en tiempo futuro, ésta nunca llega! Haga la afirmación en presente y ésta ya ha sucedido.

2. **Utilice lo positivo, abandone lo negativo.** Diga "Soy hermosa" no diga "Yo no soy fea". Esta es una regla muy difícil de utilizar pero muy importante. Si decimos "Yo no soy fea", estamos creando una imagen y partiendo

de la suposición de que somos feas. Primero manifestamos lo feo y después tratamos de contrarrestar eso, lo cual es muy difícil de hacer. Cuando decimos "Soy hermosa", toda esa energía va a hacer que lo hermoso suceda.

3. **Especifique el qué, no el cómo.** Diga "Tengo un empleo que es perfecto para mí" en lugar de decir "Obtengo el empleo que solicité esta semana". Si especificamos el qué, nos limitamos a nosotros mismos. El empleo que solicitó esta semana puede convertirse en un empleo mal pagado, mientras que un empleo que solicite la próxima semana se convierte en ser mejor pagado y con grandes beneficios.

Ahora estamos listos para hacer nuestras afirmaciones.

HACER UNA AFIRMACIÓN

Cree una afirmación que le ayude a completar sus ejercicios. ¿Está teniendo problemas para obtener tiempo y realizarlos o para concentrase en ellos o para creer que puede hacerlos? ¿Hay algún ejercicio que sea especialmente difícil de realizar? Haga una afirmación que le ayude a solucionar esto. Ejemplos:

- Tengo suficiente tiempo para hacer mis ejercicios.

- Me concentro fácilmente en mis ejercicios.

- Completo mis ejercicios fácilmente.

- Produzco mi tono vibracional fuerte y claro.

Escriba la afirmación en una tarjeta. Dígasela fuerte a sí mismo. Ponga la tarjeta en un lugar en donde solamente usted pueda verla, tal como su dormitorio o la solapa de un libro.

En este capítulo aprendimos a poner atención consciente a los sonidos, a variar la voz y producir la nota vibracional y hacer afirmaciones para manifestar resultados. En el siguiente trabajaremos en sentir el mundo, notando sensaciones internas y moviendo la energía moviendo nuestros cuerpos en el espacio físico.

CINCO

Sensación y movimiento

La habilidad de sentir la energía en movimiento es crítica
para el éxito de la magia. Mientras la vista y el sonido son sensaciones que asociamos con órganos específicos del cuerpo
(los ojos y los oídos), el tacto es una sensación que experimentamos con todo el cuerpo. Sentimos el mundo sensitiva-
mente con la superficie de la piel. De hecho, nuestra piel
registra la descarga y la frecuencia de los sonidos, de forma
que todo el cuerpo participa en el acto de escuchar. De la
misma forma en que registramos la luz y el calor sobre nuestra piel, el cuerpo también participa en la visión. Y de la
misma manera en que la energía se mueve dentro de nosotros y nos rodea, también movemos energía cuando nos
movemos en el espacio físico. La sensación del tacto es el más
complicado de todos los sentidos.

NOTAR EL MUNDO: SENTIR EL AIRE

Practique este ejercicio en un ambiente cómodo, preferiblemente adentro y en privado, por lo menos la primera vez. Póngase la menor cantidad de ropa posible; si se siente cómodo desnudo o quiere experimentar esa sensación, quítese toda la ropa. Camine por toda la habitación. Sienta el aire en su piel. ¿Qué temperatura tiene? Si hay brisa en la habitación, ¿cómo se siente? Si quiere puede instalar un ventilador y pararse enfrente de él. ¿El aire se siente igual en todo su cuerpo o lo siente diferente en algunas partes? ¿Puede usted sentir el aire más sensiblemente en algunas partes de su cuerpo que en otras?

Los nudistas son personas que disfrutan la sensación del aire contra su piel. Si desea explorar la sensación del aire contra su piel afuera, puede contactar una colonia nudista en su área. Yo he visitado un número de éstas y siempre son muy amistosas, orientadoras de la familia y son felices ofreciendo recorrido. ¡Usted puede llevar un amigo si siente vergüenza yendo solo!

Todos aprendimos a caminar cuando éramos muy, muy jóvenes y a medida que crecimos, los movimientos asociados con la acción de caminar fueron quedando fuera de nuestra conciencia consciente. Poner atención al proceso de caminar es un buen paso para comenzar a poner atención en el sitio en el que están nuestros cuerpos en el espacio y en la energía que empujamos cuando nos movemos.

CAMINAR CONSCIENTEMENTE

Haga este ejercicio en un espacio cómodo. Puede hacerlo con su ropa puesta o sin ella. Programe un cronómetro durante un minuto. Párese con sus pies a la misma altura de sus hombros y con los brazos a los lados. Flexione sus piernas ligeramente. Enfoque su atención en su punto seleccionado. Ahora dé un paso lentamente hacia delante con una pierna, colocando primero su talón y luego rodando sobre la bola de su pie. Cambiando suavemente, dé un paso con su otro pie, nuevamente colocando primero su talón y luego rodando sobre la bola de su pie. Continúe caminando lentamente, rodando y retirando cada uno de sus pies. Cuando necesite girar, note cómo rotan sus caderas y muévase lentamente en la curva del giro.

Este es un buen ejercicio para hacer a la par con ejercicios de energía como el Árbol o la Montaña. También podemos intentar agregar un ejercicio de respiración: exhale cuando baje un pie, inhale cuando el pie sube. El movimiento consciente es la base de las disciplinas del físico culturismo y de las artes marciales. Cuando realice este ejercicio, sea consciente de la energía en su cuerpo. ¿Cuál es su temperatura y color? ¿Adónde se está moviendo? ¿En dónde se bloquea?

Cuando nos preguntamos unos a otros "¿Cómo se siente?" Generalmente no estamos hablando de sentir la temperatura del aire. La pregunta nos pide hablar acerca de nuestro estado interior, nuestro sentido de estar en el mundo y, en particular, de las emociones que podemos estar experimentando.

Las emociones son fáciles de nombrar pero difíciles de definir. Los investigadores cognitivos reconocen seis emociones humanas básicas llamadas *afectos* en todos los seres humanos en cualquier parte del planeta desde su nacimiento en adelante. Los afectos son expresados a través de las expresiones faciales, las cuales son universales en los humanos. Las seis emociones son: felicidad, rabia, tristeza, miedo, vergüenza y asco.

EXPRESANDO EMOCIÓN

Párese enfrente de un espejo. Haga una cara que exprese rabia. Ahora haga una cara que exprese miedo. Trabaje a su manera todas las emociones: tristeza, vergüenza, asco. Finalice con la expresión que denota felicidad.

La rabia es una fruncida de ceño; la tristeza hala la cara hacia abajo. El asco es la cara que hace un bebé mientras escupe la comida y el miedo agranda los ojos. La vergüenza es una cara sonrojada y agachada queriendo esconderse y la felicidad es una sonrisa. Una cosa que debe notar es que cuando hace la cara, usted se encuentra sintiendo la emoción. La expresión facial es un detonante —estamos acostumbrados a sentir la emoción cuando estamos haciendo esa cara—. A medida que nuestras emociones se hacen más complicadas, asociamos muchos detonantes con ellas.

Las emociones también son expresadas en sensaciones internas. Algunas de ellas están basadas físicamente. Por ejemplo, el miedo puede liberar adrenalina, lo cual hace que el cuerpo se estremezca. Algunas de ellas también son aprendidas. Muchas personas comparten sensaciones similares pero existen sensaciones que son únicas para cada uno de nosotros, las cuales hemos aprendido a identificar con emociones particulares. Notar las sensaciones físicas puede ayudar a identificar los sentimientos asociados con ellas.

SINTIENDO EMOCIÓN

Haga una lista: ¿Qué experimenta su cuerpo cuando se siente feliz? ¿Se siente triste, enojado, temeroso? ¿Hay músculos tensionados? ¿Le tiembla alguna parte del cuerpo? ¿Siente calor o frío?

Usted puede sentir calor cuando está enojado o tener un nudo en el estómago. Yo tengo una sensación de mareo y mi plexo solar tiembla cuando estoy enojada. Usted encontrará que, a medida que pone atención consciente a lo que siente, se volverá más sensible a los matices emocionales.

Saber qué estamos sintiendo es el primer paso hacia la disciplina mágica de la emoción. Los magos ejercen control emocional en la vida diaria, escogiendo cuándo expresar emoción y cuándo reprimirla. Nosotros podemos no tener elección acerca de qué emoción experimentar ante un detonante determinado, pero sí tenemos la elección acerca de cómo actuar ante éste. Cuando nos encontramos abrumados de emoción, podemos conectarla a tierra de la misma manera que lo hacemos con la energía.

CINCO

CONECTANDO LA EMOCIÓN A TIERRA

Cierre sus ojos. Visualícese a sí mismo lleno y rodeado de energía. Ésta tiene el color, la temperatura y la textura de la emoción que está sintiendo: rabia roja, caliente; miedo azul, frío. Ahora respire profundamente y exhale, visualizando y sintiendo la energía que fluye hacia abajo dentro de la tierra. A medida que inhala, vea una luz dorada y tibia llenándolo a usted y rodeándolo.

Este es uno de los ejercicios más difíciles de hacer. Éste ayuda a recordar que la emoción y la persona que siente la emoción son diferentes. La misma persona puede sentir muchas emociones. Cuando una nos abruma, podemos descubrir esa sensación de calma y fuerza dentro de nosotros y abandonar ese estado emocional hacia la paz.

Además del control de las emociones que experimentamos en nuestra vida cotidiana, el mago será llamado con frecuencia a generar una emoción específica en un ritual. En la mayoría de los casos esa emoción es entusiasmo o pasión.

GENERANDO ENTUSIASMO

Encuentre un poema o cuento que le provoque a usted un sentimiento de entusiasmo por ejemplo, —*Song of Myself* de Walt Whitman—. Cuando se encuentre solo y sepa que no va a ser molestado, léalo en voz alta a sí mismo. Sea tan extravagante y exagerado como usted mismo se lo pueda permitir mientras lee la obra.

Actuar como si sintiera pasión puede incentivar el sentimiento de entusiasmo y excitación. Incluso si el sentimiento no aparece de inmediato, si continúa la lectura y se siente inmerso en la obra, el entusiasmo que imprime a la interpretación generará la energía necesaria. Esto funciona al realizar un ritual —incluso si no nos sentimos apasionados inmediatamente, podemos generar pasión leyendo las palabras del ritual de manera convincente y con seguridad—.

Nosotros expresamos pasión con la voz infundiéndola con intensidad. También expresamos pasión con el movimiento, haciendo gestos grandes y decididos. La gesticulación mágica es una forma muy rápida y efectiva de generar y poner en movimiento la energía. En general, los movimientos de los brazos y las piernas hacia el cuerpo generan energía cerrada y protegida, mientras que los movimientos de los brazos y las piernas alejándose del cuerpo dirigen la energía hacia fuera.

Los gestos más prácticos son aquellos hechos con las manos. Colocando la mano en una posición particular, podemos evocar una deidad, mover la energía hacia dentro del cuerpo y arrojar energía dentro del mundo con una intención específica. Podemos asociar gestos particulares de la mano con estados particulares de la mente. Siempre que hacemos el gesto, detonamos el estado que intentamos inducir.

LOS GESTOS DE LA MEDITACIÓN

Siéntese con las piernas cruzadas o arrodíllese sentándose sobre sus talones. Programe un cronómetro durante un minuto. Coloque sus manos sobre sus rodillas con las palmas hacia abajo. Inhale y gire sus manos hacia arriba, llevando su pulgar hacia su dedo índice. Haga una meditación de respiración durante un minuto. Cuando suene el cronómetro, coloque sus manos nuevamente sobre sus rodillas con las palmas hacia abajo.

La repetición de este ejercicio profundiza la asociación del detonante. Pronto se encontrará a sí mismo cayendo en un trance meditativo en el momento en que sus manos se giran y hacen un círculo con su dedo índice y su pulgar.

Un gesto que los magos hacen algunas veces en una conversación corriente es un gesto protector. Cuando alguien dice algo negativo como "Espero no sufrir un accidente hoy" ponga la mano en forma de cuerno cerrando sus dos dedos corazón y colocando el pulgar en ellos, dejando sus dedos índice y meñique extendidos. Con sus dedos señalando hacia delante, dibuje el cuerno rápidamente cruzando su pecho. Este gesto significa "Que pase sin suceder". Usted puede visualizar su mano empujando lejos de la idea la energía para permitirle disiparse inofensivamente.

Otro gesto protector es meter el pulgar dentro del puño. Esto tiene el efecto de encerrar la energía del cuerpo, como si estuviéramos protegiéndonos a nosotros mismos. Este es un buen gesto para utilizar cuando estamos en un lugar en donde no nos sentimos cómodos.

La mayoría de los gestos mágicos incluyen el movimiento de todo el cuerpo. Existen posturas específicas que los magos adoptan al realizar magia ritual. Normalmente hacemos dos de ellos muy seguido: ¡sentarnos y ponernos de pie!

SENTARSE EN UNA SILLA

Siéntese en una silla con sus rodillas separadas ligeramente, los brazos descansando sobre sus muslos. Mantenga recta la espalda y erecta su cabeza, tal y como si estuviera sentado en un trono al estilo de la realeza.

Esta es una postura excelente para adivinar o para realizar ejercicios de concentración. La posición de piernas cruzadas descrita anteriormente es una de las posturas de yoga; para quienes encuentran esto fácil, puede ser interesante explorar las variaciones de ese movimiento. El acto de sentarse sobre los talones proviene de la tradición aikido.

SENTARSE EN LOS TALONES

Arrodíllese sobre el piso, manteniendo su cuerpo erecto. Coloque uno de sus dedos gordos sobre el otro y separe sus rodillas ligeramente. Ahora baje sus nalgas sobre sus talones.

Esta es una posición sorprendentemente cómoda para mantener durante largos períodos de tiempo. Las personas que encuentran difícil sentarse con las piernas cruzadas algunas veces encuentran más fácil de mantener esta posición. Ésta tiene la ventaja adicional de alinear todas los chakras. En el capítulo 7 hablaremos más acerca de los chakras.

ACOSTARSE

Acuéstese en el piso, manteniendo su cuerpo recto
y sus brazos a los lados.

Esta es una postura en la que nos podemos encontrar si
estamos haciendo una meditación muy profunda o si estamos intentando una proyección astral u otra operación que
pueda hacer que nuestro cuerpo esté en el piso. Sin embargo,
¡es fácil quedarse dormido en esta posición! Si se duerme con
facilidad, puede cambiar a una posición sentado.

Estas tres posiciones —sentado, de pie y acostado— son
las que utilizaremos en los rituales para aquietar la mente.
Sin embargo, los magos también se desplazan. El movimiento más simple es caminar en círculo.

CAMINAR EN CÍRCULO

Encuentre un espacio en donde pueda caminar en un
círculo grande. Comience en la sección oriental del
espacio y dé la cara a la pared. Gire lentamente hacia
la derecha (hacia el Sur) y camine conscientemente,
muévase lentamente en círculo alrededor de la habitación. Cuando llegue al lugar del cual partió, gire lentamente y dé la cara a la pared nuevamente.

Ahora gire y camine en forma de círculo por la habitación
nuevamente. Esta vez agregue un canto vocal, haciendo sonar
la vocal "ah" con su voz vibracional a medida que se desplaza.
Termine el canto cuando gire de nuevo hacia la pared.

Cada ritual que crea un espacio ritual incluye algunas variaciones en este simple caminar en círculo. Los magos generan remolinos de energía desplazando todo el cuerpo por el espacio. El remolino de energía puede ser diseñado para crear un espacio circular o esférico en el cual lo mágico funciona. Esto puede invocar un tipo de energía particular o puede establecer un torbellino que puede ser enviado para un propósito particular.

Caminar en círculo, al igual que la mayoría de los movimientos mágicos, siempre empezarán y terminarán en el Oriente para alinearse con la energía del amanecer, una poderosa metáfora para la educación espiritual. Las caminatas en círculo usualmente avanzan en el sentido de las manecillas del reloj desde el Oriente hacia el Sur, Occidente y Norte, aunque existen excepciones. Los magos que trabajan en el hemisferio Sur prefieren algunas veces trabajar en el sentido contrario al de las manecillas del reloj, debido a que ésta es la dirección del campo de energía de la tierra. Algunas veces los magos se refieren al movimiento en el sentido de las manecillas del reloj como 'deosil' y al movimiento en el sentido contrario al de las manecillas del reloj como *widdershins*.

De manera interesante, la mayoría de las danzas populares, especialmente las danzas en línea, van en sentido contrario al de las manecillas del reloj. Los bailarines populares hablan sobre la línea de dirección, la cual es la forma en que la línea de los bailarines se enfrenta. Las danzas a menudo comienzan en la pierna derecha, la cual es usualmente dominante, así que los bailarines se mueven en el sentido contrario al de las manecillas del reloj.

La danza algunas veces es utilizada en una dirección circular para crear espacio ritual, pero es utilizada mucho más a menudo para generar un tipo particular de energía o para inducir trance. Las culturas del mundo están llenas de movimientos corporales que balancean hipnóticamente el cerebro para adormecerlo. La siguiente es una muy popular, redescubierta por los niños en todo el mundo.

TRANCE DE BALANCEO

Siéntese en una silla o sobre el piso con las piernas cruzadas o sobre sus talones; escoja una postura en la cual pueda balancearse cómodamente. Programe un cronómetro durante un minuto. Balancee su torso hacia delante tanto como pueda y luego hacia atrás y después hacia delante nuevamente. Balancéese al ritmo que encuentre cómodo. Emita algún sonido si se siente motivado para hacerlo.

Este es un buen ejercicio para combinar con un simple canto de una vocal. El trance de balanceo pertenece al arsenal de inducciones de trance.

TRANCE DE GIRO

Haga este ejercicio en un espacio sin muebles. Programe su cronómetro durante un minuto y gire lentamente. Si siente mareo, deténgase y gire en la dirección contraria.

Este es un truco práctico saber que si se siente mareado, girar una vez en la otra dirección le ayudará a restablecerse nuevamente. Los místicos Sufi (llamados *Whirling Dervishes* por algunos) utilizan el trance de giro como una forma de meditación espiritual.

Los magos utilizan gestos específicos para mover la energía. Los dos más comúnmente utilizados son el penetrante y el pentagrama.

PENETRANTE

Párese con sus pies separados a la altura de sus hombros. Levante sus brazos, doblándolos y llevando sus manos cerca de su cabeza a la altura de sus hombros. Ahora dé un paso al frente rápidamente sobre su pie dominante, mientras al mismo tiempo empuja sus brazos hacia delante de forma que ambos señalen en la dirección hacia la cual dio el paso.

PENTAGRAMA

Párese con los pies separados a la altura de los hombros. Levante su brazo dominante y sosténgalo enfrente de su rodilla izquierda. Ahora levántelo en línea hacia un punto justo enfrente de la mitad de su frente. Déjelo caer de nuevo hacia abajo hasta su rodilla derecha. Muévalo hacia arriba nuevamente hacia su hombro izquierdo. El siguiente movimiento es un cruce horizontal hacia su hombro derecho. Finalmente, deje caer su mano de regreso hacia su rodilla izquierda. (Vea la figura 1).

Puede combinar los dos gestos penetrando el centro del pentagrama después de que lo haya dibujado. El pentagrama en el ejercicio es un pentagrama desaparecido de la tierra. Los magos del Amanecer Dorado lo utilizan para desterrar el elemento de la tierra, o la pesadez, en un espacio. Las brujas lo utilizan para desterrar las energías negativas de un espacio.

En esta sección hemos aprendido a mover conscientemente, a observar nuestras emociones y a mover la energía con gestos y con movimientos. Enseguida combinaremos todos estos sentidos, aprendiendo a vivir en el mundo con una mente quieta utilizando los sentidos y practicando una técnica de manifestación. También aprenderemos a expandir los sentidos, utilizando ejercicios de desarrollo psíquico para sentir el futuro y enviar y recibir pensamientos.

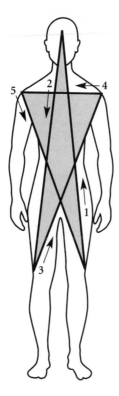

Figura 1. El Pentagrama

Utilizando todos
los sentidos

Es importante en el entrenamiento de la magia separar los sentidos y aprender a controlarlos cada uno de manera individual. Sin embargo, nuestra experiencia normal de vida involucra el uso de todos los sentidos simultáneamente. Aunque hemos aprendido a visualizarlos como independientes, en la práctica los sentidos tienden a mezclarse entre sí. Algunos fenomenologiotas creen que nuestros sentidos físicos —vista, tacto, oído, gusto y olfato— son formas en que la mente separa nuestra experiencia primaria del mundo. Ellos piensan que todos estos sentidos tienen sus raíces en un sentido que se encuentra mucho más abajo del umbral de la conciencia, un modo sencillo de percepción llamado algunas veces el *sentido común*. Algunos psíquicos lo toman como un paso más, creyendo que este sentido común también recoge información que no se clasifica fácilmente en cualquiera de las categorías normales de la vista, tacto y sensaciones, tales como imágenes acerca del futuro, lo que las personas están pensando y el estado del ambiente de energía a nuestro alrededor.

Encuéntrese aquí y ahora

Tal como desarrollamos los ejercicios de sentido individual, empezamos la exploración del sentido común colocando nuestra atención completamente en los sentidos físicos.

NOTAR EL MUNDO

Programe su reloj durante un minuto. Observe el mundo a su alrededor. Mire los colores, las formas y las personas y escuche los sonidos que le rodean. Sienta la temperatura del aire, la presión de la silla en la que está sentado o la del piso bajo sus pies.

Puede ser una profunda experiencia moverse a través del mundo poniendo atención a los estímulos de los sentidos físicos. Algunas personas experimentan un tipo de éxtasis al vivir completamente en el mundo físico. Este es el tipo de conexión a tierra más profundo —la conexión a tierra de estar en este cuerpo, en este lugar, en este momento—. La mayoría de nosotros pasa una gran cantidad de tiempo pensando en lo que hemos hecho y en lo que vamos a hacer. Los filósofos nos recuerdan que el momento actual es todo lo que existe realmente. Este es un ejercicio que se convierte en una forma de vida.

Memoria

Cuando pensamos en el pasado, habitamos recuerdos que capturan el momento que los formaron. Experimentamos las visiones, los sonidos y las sensaciones que experimentamos en el pasado. La mayoría somos principalmente conscientes de uno de esos sentidos —usualmente sensaciones, algunas veces visiones, rara vez el oído—. Ahora que hemos practicado la visualización, hecho sonidos y puesto atención a las sensaciones, es cuando debemos estar en capacidad de aproximarnos a la memoria con el reconocimiento de todos los sentidos involucrados.

La memoria es escurridiza. Algunos recuerdos tienen que ser ensayados para ser conservados, y otros regresarán con la claridad del cristal si algo los activa, como una escena particular. Además de la vista, el oído y el tacto, los recuerdos codifican información a partir de otros sentidos, incluyendo el olfato y el gusto. El olor es un poderoso detonante de la memoria; encuentre un olor de pasto recién cortado o de tiza para tablero y estará capturado repentinamente de regreso a la niñez y a la experiencia de haber corrido por un césped o de estar sentado enfrente de una clase.

Los siguientes ejercicios practican la recuperación de recuerdos y explora la naturaleza del recuerdo.

AYER

Piense sobre lo que hizo ayer en orden cronológico inverso —desde el momento en que se fue a la cama hasta el momento en que se levantó—. Escoja un día de la semana más reciente y recuerde ese de la misma manera. Trate de recordar un día en el último mes.

PENSAMIENTOS DE BEBÉ

¿Cuál es su recuerdo más antiguo? Escríbalo. ¿Es un recuerdo que ha mantenido en secreto o que ha discutido con su familia? ¿Cuál es su recuerdo más antiguo que nunca le ha contado a nadie?

CUMPLEAÑOS

¿Qué hizo en su cumpleaños más reciente? ¿Cuál fue su cumpleaños favorito? ¿Cuál es su primer recuerdo de cumpleaños?

Así como ocurre con muchos ejercicios en este libro, es útil regresar al ejercicio del "Ayer" a medida que continúa desarrollando la habilidad mágica. En la magia ritual con frecuencia entramos en estados de trance profundos. Al regresar a la conciencia normal, puede ser muy difícil recordar lo que ha sucedido durante el estado de trance. Perfeccionar la habilidad de recordar, recordando lo que hicimos ayer, nos ayuda a aprender a recuperar recuerdos generados bajo muy diversas circunstancias.

Trabajar en los sueños

Otra práctica que ayuda a desarrollar la memoria es el trabajo de sueños. Todos soñamos todas las noches. ¡Si no lo hiciéramos, perderíamos el equilibrio mental! El truco consiste en recordar lo que hemos soñado. Esta es una habilidad que usualmente requiere algo de práctica para ser adquirida.

RECORDAR LOS SUEÑOS

Antes de que vaya a dormir, dígase a sí mismo lo siguiente: "Yo recuerdo mis sueños". Conserve un lapicero y papel al lado de su cama. Algunas veces nos despertamos un poco al final de cada ciclo de sueño. Si recuerda en estos momentos el lapicero y el papel, escriba unas pocas palabras claves que describan las imágenes de sus sueños. De lo contrario, hágalo cuando despierte por la mañana.

Muchas personas dicen "yo no sueño". Lo que ellos quieren decir realmente es que no recuerdan sus sueños. Los procesos físicos pueden hacer difícil el recuerdo de los sueños. Algunas drogas también tienden a conducir a sueños profundos y es difícil llevarlos a la conciencia. Sin embargo, si persistimos en este ejercicio, podremos recordar más de nuestros sueños.

Durante el día, tan pronto como se despierte, mire las palabras claves de sus notas del sueño. Éstas deben refrescar su memoria y permitirle recuperar más acerca del sueño. "Montaña rusa, bebé, hermana" le permite traer de regreso la secuencia del sueño, "yo estaba montado en una montaña rusa, cargando un bebé. Cuando la montaña rusa se detuvo, el bebé se convirtió en mi hermana". Otro punto clave para recordar los sueños es tratar de recordar lo que sucedió sin suprimir o cambiar la imagen. Como las personas no se convierten en otras personas en la vida real, usted podría estar tentado a decir: "Le di el bebé a mi hermana" y alterar el significado del sueño. La clave es respetar la imagen del sueño y tratar de recordarlo exactamente como este sucedió.

Los sueños tienen sus propias convenciones a las cuales cuesta un poco acostumbrarse. Las cosas suceden simultáneamente o en múltiples niveles en los que no sucederían durante la vida corriente y que son diferentes de las convenciones de las películas de Hollywood. Los ejemplos de los procesos del sueño incluyen una voz explicando lo que está sucediendo, personas que cambian su forma en otra persona y el punto de vista que cambia de un personaje del sueño a otro o habitando a la vez dos o más personajes del sueño.

Llevar un registro de sueños a través del tiempo nos da una clave invaluable para entender los temas que son importantes. Podemos examinar el registro del sueño buscando imágenes que reaparecen. Podríamos notar que con frecuencia soñamos con bebés o con montañas rusas o con nuestra profesora de francés de la escuela y gradualmente se aclara el significado de esa imagen. Yo recomiendo evitar los libros de símbolos de sueños con significados de cajón tales como "ver una zanahoria significa que recibirá dinero" porque las imágenes de los sueños son muy individuales. Mientras es cierto que la cultura tiende a asociar ciertas imágenes con significado (por ejemplo, el color rojo significa pasión), cada persona tiene su propia y única aceptación al respecto.

A medida que desarrolla la habilidad para recordar sueños, podrá empezar a trabajar con imágenes. Algo útil para hacer es completar el sueño durante el día. El sueño ha puesto los procesos en movimiento y con frecuencia no son completados. Podemos completarlos mientras estamos despiertos moviendo los procesos a otra fase y abriendo nuevos puntos de vista en las imágenes de su propio sueño.

COMPLETAR EL SUEÑO

En el sueño usted inició una acción que no terminó. Por ejemplo usted tiene la intención de ir a la casa de su hermano pero se distrajo y terminó en una tienda de abarrotes. Cuando despierte, visualícese a sí mismo en el último punto de su sueño, tal como en el parqueadero de la tienda de abarrotes. Véase y siéntase a sí mismo yendo a la casa de su hermano y tocando a su puerta.

Puede ser frustrante o confuso abandonar un proyecto en medio de un sueño. Terminarlo puede liberar emociones atadas y brindar una sensación de calma y realización.

También podemos aprender sobre los sueños hablando a los personajes que aparecen allí.

HABLÁNDOLE AL SUEÑO

Por ejemplo, en el sueño su hermana saltó de la montaña rusa y dijo: "¡Me voy para la casa a arreglarme el cabello!" Eso le pareció confuso. Cuando despierte, siéntese en silencio e imagínese a sí mismo en la montaña rusa mirando a su hermana. Diga "¿por qué dijo que se iba para la casa a arreglarse el cabello?" Escuche su respuesta. Ella podría decir "porque estoy pasando mucho tiempo divirtiéndome y no el tiempo suficiente cuidando de mí misma".

Desarrollo psíquico

Una de las cosas que hice como facultativa mágica principiante fue desarrollar mis sentidos psíquicos. Estas técnicas de desarrollo se basan en los ejercicios físicos y de sentido interior que ya hemos practicado.

La primero que hacemos es extender el brazo para sentir el mundo que nos rodea.

¿QUÉ HAY A LA VUELTA DE LA ESQUINA?

Realice este ejercicio en un almacén de víveres. Mire hasta el final del pasillo. Ahora mire más allá del pasillo. ¿Puede ver qué hay al otro lado? ¿Hay alguien viniendo en su dirección o algo en exhibición allí?

Los practicantes de las artes marciales algunas veces demuestran la capacidad de mover energía pidiéndole a un sujeto que cierre sus ojos y luego golpea suavemente la rodilla del sujeto utilizando únicamente la energía. Este ejercicio está basado en esa clase de proyección de energía. Esto puede ser muy útil cuando usted necesita ver a su alrededor —por ejemplo, ¡en la noche cuando está acostado en la cama, tratando de identificar un sonido!—.

VIENDO EL MUNDO

Practique este ejercicio mientras está acostado en la cama. Imagínese a sí mismo creciendo hasta que tenga el tamaño de su casa. Mire alrededor y vea todos los espacios alrededor de su casa, todas las casas en el vecindario y los carros en la calle.

Podemos utilizar el sentido psíquico para descubrir quién está tratando de comunicarse con nosotros.

¿QUIÉN ESTÁ AL TELÉFONO?

La próxima vez que suene el teléfono, deténgase por un segundo para aclarar su mente. Pregúntese a sí mismo "¿quién está al teléfono?". Inmediatamente diga la primera cosa que le llegue a la mente —por ejemplo, "Harry"—. Luego levante el teléfono y averigüe quién es.

En este tipo de trabajo sensitivo es importante reportar cualquier cosa que esté viendo y sintiendo sin corrección. Estamos muy acostumbrados a editar la información que obtenemos de nuestros sentidos psíquicos. La mente consciente lo racionaliza: "No puede ser Harry. ¿Cómo podría yo saber eso? Quiero que sea Harry y es por eso que pienso que es él". Si es Harry, nos decimos a nosotros mismos "es una coincidencia".

En el entrenamiento de las habilidades psíquicas, enfatizamos el reporte de cualquier cosa que veamos y escuchemos sin edición. Solamente note, registre y reporte cualquiera que sea la imagen, el sonido o la sensación.

Los sentidos extendidos se utilizan para explorar el futuro o mundos más allá de éste. El término para describir lo anterior es *adivinar*. Podemos adivinar proyectando imágenes en un objeto como un tazón de agua o una bola de cristal o podemos cerrar nuestros ojos y ver la imagen en nuestra pantalla de visualización.

ADIVINANDO

Haga este ejercicio en un espacio en donde pueda estar a solas. Llene un tazón oscuro con agua. Siéntese enfrente de él. Haga un ejercicio de centralización, como enviar raíces dentro de la tierra y utilice una de sus inducciones al trance, como hacer sonar una sola vocal. La idea es aclarar la mente. Ahora dígase a sí mismo: "Yo veo lo que sucederá mañana" y mire el tazón. Note todas las imágenes que flotan en su mente cuando hace esto, todos los sonidos que escuche, todas las sensaciones en su cuerpo. Cierre los ojos, traiga su pantalla de visualización y note todas las imágenes que aparecen allí. Registre sus resultados.

Al comienzo puede pensar que no ve nada o puede ver algo que no tiene sentido para usted en ese momento. Sólo registre cualquier impresión que tenga: "Vi una nube gris y sentí frío". Hágale el seguimiento a este ejercicio. Antes de acostarse, siéntese y recuerde todas las cosas que hizo durante el día. Quizás entró a un pasillo gris con aire acondicionado.

Puede utilizar este ejercicio para ver a otras personas. Hágalo con un amigo que esté dispuesto a trabajar con usted. Dígale a su amigo que escriba sus impresiones del lugar en el que se encuentra en el momento exacto del experimento. Al mismo tiempo formule la pregunta para adivinar "¿Qué está haciendo mi amigo en este preciso momento?" Más tarde puede comparar las notas acerca de lo que su amigo experimentó y de lo que usted experimentó.

Necesitará de un amigo para realizar los ejercicios de telepatía.

TELEPATÍA

Dedique un momento en el cual pueda concentrarse durante unos pocos minutos. Escoja una persona que sea el emisor y una persona que sea el receptor. El emisor escoge un objeto, como una bola azul, y se concentra en él. El receptor se sienta en silencio, aclara la mente y permite que la imagen se forme en su pantalla de visualización.

Después de que haya practicado este ejercicio por algún tiempo, puede encontrar que escucha pensamientos fuertes de las personas que están alrededor. Alguien piensa "hoy es un día caluroso" y usted responde "¡seguro que está caluroso, ¿cierto?!". Algunas veces las personas se dan cuenta de esto y dicen "vaya, no creí que haber dicho eso en voz alta".

Puede ser muy útil tener esta habilidad si usted necesita urgentemente contactar a alguien a quien no puede alcanzar de otra manera. Siéntese, aclare su mente, visualice la persona y diga muy claramente "llámame. ¡Es muy importante!". Puede ser que la otra persona no reciba una imagen o sonido claros, pero puede sentirse inexplicablemente motivado a llamarlo. O, él o ella puede reportar haber escuchado su voz muy claramente.

También podemos comunicarnos con las personas mientras están durmiendo. La imagen o palabras que proyectamos aparecen en sus sueños. También podemos explorar la expansión de nuestros sentidos en nuestros sueños.

SOÑANDO EN EL MAÑANA

Antes de irse a dormir, dígase a sí mismo "yo sueño sobre el día futuro que está ante mí". Cuando despierte, registre sus sueños.

Los sueños sobre el futuro pueden ser muy reales; resulta difícil contar el sueño de memoria. Esa es otra razón por la que es importante escribir tanto los sueños como los trabajos mágicos. Una vez soñé que un amigo mío salió a una cita con una nueva novia. Cuando lo vi al día siguiente le dije "¿cómo te fue en la cita?" Él quedó asombrado y dijo "¡yo no te conté acerca de la cita!" En ese instante me di cuenta que lo había visto en un sueño y le dije "¡Oh, por supuesto que lo hiciste!" y él aceptó la racionalización y me contó lo bien que la había pasado.

Una advertencia acerca de los ejercicios de precognición: casi nunca obtenemos información exacta. Una cosa muy común que hacen los principiantes es tratar de ver los números ganadores de la lotería. Este es un procedimiento muy difícil de conseguir; los números son escogidos tan al azar y tanta gente está compitiendo para verlos, que es casi imposible hacerlo correctamente. Por supuesto que podemos intentarlo y podemos tener éxito, pero nuestro tiempo y energía probablemente pueden ser mejor utilizados en otras técnicas de manifestación.

Espacio interior

La técnica más útil que utilizo para manifestar los resultados que yo quiero combina todas las habilidades basadas en los sentidos. El espacio interior utiliza visualizaciones, afirmaciones y pasando al futuro (vea el capítulo 13) para ocasionar lo que deseamos que suceda.

El espacio interior es una forma de inducción al trance que ha sido llamada *auto-hipnosis*. Éste induce un estado en el cual la mente es sugestionable y en el cual podemos generar la energía necesaria para realizar cambios en el mundo plástico de la posibilidad. La inducción al trance utiliza cuatro palabras claves. Cada una de estas palabras está ligada a un estado: relajación física, calma emocional, claridad mental y trance.

Escogiendo su palabra de relajación. Piense en una ocasión en la que estuvo físicamente relajado —por ejemplo, en un baño tibio, justo antes de quedarse dormido o después de un trabajo físico—. Si nunca lo ha sentido, imagine cómo podría ser. Escoja una palabra corta que le capte esta sensación y escríbala. Si no puede pensar en una palabra, puede utilizar la palabra **relajar.**

Escogiendo su palabra de calma. Piense en la vez en la que estuvo en paz; cuando se sintió como en casa, que todo con respecto al mundo estaba bien. Algunos ejemplos son en medio del verano cuando se era niño, en su habitación, rodeado de sus propias cosas y justo después de una buena comida. Si nunca ha experimentado esto, imagine cómo podría ser. Escoja una palabra corta que le capte esta sensación y escríbala. Si no puede pensar en una palabra, puede utilizar la palabra **calma**.

Escogiendo su palabra de claridad mental. Piense en una ocasión en la que estuvo mentalmente agudo y sintió control sobre sus pensamientos —mientras presentaba un examen fácil o leía un libro fácil de entender—. Si nunca lo ha sentido, imagine cómo podría ser. Escoja una palabra corta que le capte esta sensación y escríbala. Si no puede pensar en una palabra, puede utilizar la palabra **foco**.

Escogiendo su palabra de trance. Piense en una ocasión en que se sintió como si todo fuera posible —cuando se graduó en la universidad y tuvo toda su vida adulta enfrente suyo, cuando despertó en la mañana y se dio cuenta que tenía todo el verano por delante, cuando ganó un premio o aprobó un examen difícil—. Si nunca lo ha sentido, imagine cómo podría ser. Escoja una palabra corta que le capte esta sensación y escríbala. Si no puede pensar en una palabra, puede utilizar la palabra **poder**.

Escogiendo su palabra de regreso. Piense en una ocasión en que cambió de un estado de conciencia a otro —por ejemplo, despertando por la mañana, terminando una buena novela y dejándola o notando la habitación—. Si nunca ha sentido esto, imagine cómo podría ser. Escoja una palabra corta que le capte esta sensación y escríbala. Si no puede pensar en una palabra, puede utilizar la palabra **regreso.**

Escriba estas palabras. Memorícelas si puede.

ENTRANDO AL ESPACIO INTERIOR

Haga este ejercicio en un lugar privado. Haga un ejercicio de centralización. Respire profundamente y exhale completamente. Cierre sus ojos. Traiga su pantalla de visualización, la cual está justo enfrente de sus ojos y un poco por encima de ellos. Vea su palabra de relajación sobre la pantalla y dígala en voz alta. Enseguida, vea y diga su palabra de calma. Vea y diga su palabra de foco. Vea y diga su palabra de trance. Dígase a sí mismo "ahora estoy en mi espacio interior, un espacio al que puedo entrar en cualquier momento, para cualquier propósito que yo desee". Note todas las sensaciones o imágenes que tenga en ese momento.

Ahora vea y dígase a sí mismo su palabra de relajación, su palabra de calma, su palabra de foco y su palabra de regreso. Abra sus ojos. Levántese, estírese y camine alrededor.

Si encuentra difícil de hacerlo al comienzo, puede grabarse a sí mismo en una cinta de audio diciendo lentamente "Vea y dígase a sí mismo la palabra relajar". Haga sonar la cinta mientras hace el ejercicio. Las personas reportan con frecuencia que sienten sus cuerpos entibiándose y relajados mientras realizan el ejercicio.

El espacio interior es su clave para la manifestación. En este espacio puede crear para sí mismo cualquier experiencia que desee. Existen dos cosas inmediatas para hacer aquí: construir su espacio de relajación personal y darse afirmaciones a sí mismo.

El espacio de relajación personal es un lugar al que podamos ir en cualquier momento que lo deseemos, un lugar donde estemos seguros, cálidos y relajados. Piense en un lugar natural donde le gustaría tener un hogar de vacaciones. ¿Disfruta las montañas? Construya una cabaña de madera. ¿Le gusta el desierto? Su espacio de relajación es una casa de adobe con tejidos sobre las paredes. ¿El océano es su destino de verano? Puede tener una casa sobre un acantilado dominando las olas.

CONSTRUYENDO SU ESPACIO DE RELAJACIÓN

Entre a su espacio interior diciendo sus palabras de relajación, calma, foco y trance. Dígase a sí mismo "Estoy en mi espacio de relajación" Mire alrededor. ¿Cuál es la habitación en la que se encuentra? ¿Cuál es su tamaño? ¿Tiene muebles? Puede poner una ventana en una pared y ver hacia fuera. ¿Cuál es la temperatura? La casa de adobe podría ser fría comparada con el ardiente sol del desierto y la cabaña de madera es cálida comparada con el aire frío de las montañas.

Llévese fuera del espacio interior diciendo sus palabras de relajación, calma, foco y regreso.

El espacio de relajación es un hogar de vacaciones interno que usted puede decorar de la forma en que guste. Cuando entro en mi espacio interior, estoy sentada en el marco de una ventana, dominando el océano. El marco de la ventana está en una cocina, la cual está cálidamente decorada con maderas ligeramente coloreadas y cortinas amarillas. En esta cocina conservo muchos remedios que me ayudan en mi vida:

pociones para dormir, bebidas para calmar mi estómago y simplemente bebidas que me calientan cuando tengo frío.

Es posible hacer cualquier ejercicio de desarrollo psíquico en el espacio de relajación. Mi casa tiene una habitación que contiene una enorme pantalla de cine. Puedo decir a la pantalla "muéstrame lo que está haciendo mi amigo en este momento". Sin embargo, yo no la utilizo para experimentos de telepatía con frecuencia; para lo que más la utilizo es para proyectar energía en el futuro.

MI DÍA DE MAÑANA

Vaya a su espacio interior. Traiga su pantalla de visualización o vea una pantalla que está en su espacio de relajación. Ahora véase a sí mismo yendo a través de su día de mañana. A medida que observa esta película, dé a sí mismo afirmaciones acerca del día. Por ejemplo, "estoy relajado y confiado durante la reunión. Mi presentación transcurre muy bien y recibo muchos halagos sobre ésta" o "vuelvo a tomar el examen y veo que he aprobado con todos los honores". Sienta lo feliz que es cuando se da cuenta que ha pasado el examen.

Recuerde las normas generales de la afirmación: utilice el presente simple, utilice palabras positivas y especifique el qué y no el cómo.

En este capítulo hemos aprendido ejercicios para la memoria, trabajo de sueños y manifestación del espacio interior. Más adelante trabajaremos con la energía del cuerpo nuevamente, aprendiendo a proteger y a energizar y aclarar chakras.

Trabajando con campos de energía

Estamos acostumbrados a pensar que el mundo está compuesto de energía o de materia. Esto es un punto de vista cierto y válido y es útil para realizar ciertas clases de ciencia. Otra forma válida de ver el mundo es que todo en él es una forma de energía. Existen diferencias en los tipos de energía; cada energía individual interactúa de diferentes maneras con las energías vecinas. Los magos rituales aprenden cómo sentir, observar y trabajar con esas energías.

Empezaremos con nuestro propio campo de energía. Hemos practicado el movimiento del aura, su observación y las de otras personas. Las auras de aquellos no entrenados tienden a fluir dentro de las energías de los lugares que las rodean. Los magos aprenden a endurecer el borde del aura, de manera que escogen conscientemente cuándo intercambian energía, permitiendo a algunas energías que interactúen con ellos, mientras que excluyen aquellas que son nocivas para la salud física y emocional.

El endurecimiento del aura genera lo que algunas disciplinas mágicas denominan un *escudo*. Un escudo es una pared de energía que podemos escoger para colocarla dentro del lugar y desmontarla en cualquier momento.

EL ESCUDO

Haga este ejercicio en un lugar donde no sea interrumpido. Primero, centralícese a sí mismo. Visualice y sienta su aura tal como está en este momento. Ahora visualice y sienta su aura tomando la forma de un óvalo o huevo a un pie de distancia de su piel física. Visualice y sienta una capa de luz blanca recubriendo la parte exterior de este escudo, empezando por encima de su cabeza y moviéndose hacia abajo alrededor de la superficie del escudo hasta que éste alcance el espacio entre sus pies. Dé a sí mismo una afirmación: "Mi aura es impermeable cuando deseo que lo sea" o "Levanto mi escudo siempre que lo deseo". Respire profundamente, déjelo salir y relaje su aura, permitiéndole regresar a su color, temperatura y lugar iniciales.

Continúe practicando este ejercicio hasta que pueda quebrar su escudo dentro del lugar en el momento en que piense acerca de ello. Experimente con colores diferentes; intente hacer el escudo de luz de color rojo, azul, verde o amarillo. ¿Experimenta diferentes temperaturas, texturas o durezas con los diferentes colores?

Podemos utilizar el escudo para protegernos cuando estamos ante la presencia de alguien cuya energía deseamos evitar. Por ejemplo, si alguien nos está gritando y lanzando rabia en nuestra dirección, podemos protegernos y elegir separarnos de la energía de rabia. Esto también nos puede ayudar a evitar tornarnos rabiosos.

Hemos trabajado con los canales de energía en el cuerpo: la columna central y también los canales que fluyen hacia abajo por los brazos y las piernas. Cuando generamos campos de energía y canalizamos energía para cargar un objeto, dirigimos energía a lo largo de la columna central. Es importante que la energía fluya libremente a través de la columna central. Para comprobarlo, echaremos un vistazo a los centros de energía localizados a lo largo de la columna central: las chakras (ver figura 2).

Chakra significa "rueda" y eso es precisamente lo que son: ruedas o esferas de energía circulantes. Ellas actúan como los órganos del cuerpo de energía, concentrando y dirigiendo tipos de energía en particular. Las diferentes tradiciones reconocen diferentes chakras, aunque existe una gran cantidad de coincidencias entre ellas. Podría descubrir que reconoce centros de energía en otros lugares diferentes a los mencionados aquí. Sin embargo, encontrará casi con certeza que tiene por lo menos las siguientes chakras.

El chakra corona. Esta esfera, normalmente visualizada como blanca, está localizada un poco por encima de su cabeza. Esta chakra emite y toma energía y recoge y dirige las energías que podemos llamar espirituales.

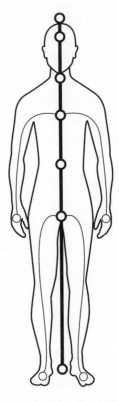

Figura 2. Los centros y los canales de energía.

En aquellas personas que tienen kundalini activo (una energía sexual localizada en el chakra base), el chakra corona es muy cálida y la cima de la cabeza puede ablandarse.

La chakra frontal. Algunas veces llamada el *tercer ojo* y visualizada de color azul, esta chakra está localizada en la frente en medio de sus dos ojos. Esta chakra tiene que ver con la visión psíquica, las ideas, los sueños, la intuición, las facultades más allá de la conciencia. Algunas veces, antes de hacer una sesión de adivinación, toco mi chakra frontal con un aceite o hierba y digo "Que pueda ver claramente".

La chakra de la garganta. Esta chakra está centrada aproximadamente en el orificio de la garganta y visualizada de color púrpura. Está relacionada con la forma en que usted se comunica, cómo comparte y recibe ideas y qué tan fuerte experimenta el hecho de estar en el mundo.

La chakra del corazón. Localizada en medio del pecho, en medio y justo debajo de los senos, esta chakra está visualizada de color rojo encendido. En ésta es donde sentimos y podemos cambiar nuestras emociones.

La chakra del plexo solar. Esta chakra puede ser sentida en la base de su diafragma, aproximadamente en la mitad de su abdomen. Es amarilla, el color del cálido sol. Este centro gobierna su percepción de la energía del mundo que le rodea.

La chakra genital. Esta chakra está localizada justo en el hueso púbico y recoge y comparte la energía sexual. Esta chakra puede ser vista de color rojo o anaranjado.

La chakra de la tierra. Esta chakra está localizada en medio de los pies, en la misma dirección de la columna central. La chakra de la tierra gobierna su contacto con las energías de la tierra y usualmente es vista de color verde.

La chakra frontal corresponde aproximadamente al sentido de la vista, el chakra de la garganta se relaciona con la facultad del oído y se puede pensar que la del plexo solar gobierna la sensación o el tacto.

Además de las chakras principales, existen unos centros menores que permiten que la energía se mueva dentro y fuera del cuerpo. Algunas de las más importantes son los centros en las palmas de las manos y las plantas de los pies. Estaremos trabajando con los centros de energía de las palmas cuando trabajemos con la energía de los objetos.

Ya hemos trabajado con los centros que se encuentran en la base de los pies durante los ejercicios de energía. En la práctica, rara vez trabajo con el chakra de la tierra. Usualmente dirijo la energía a lo largo de mis muslos hasta la planta de los pies, en lugar de hacerlo hacia abajo por la columna central hacia el centro de la tierra. La excepción a esto es cuando me arrodillo y me apoyo en mis talones. Los yoguistas disfrutan esta postura porque ésta alinea las energías de los pies con las energías de las chakras base y el chakra genital, haciendo una base poderosa para mover la energía.

En el trabajo mágico general, movemos energía a lo largo de la columna central desde la cima de la cabeza hasta los pies o desde los pies de regreso hacia arriba hasta la cima de la cabeza, en lugar de hacerlo dentro o fuera de las mismas chakras. Sin embargo, existen excepciones a esta regla. Por ejemplo, durante la magia del sexo podríamos elegir fusionar nuestras chakras con las de nuestro compañero.

ENERGIZANDO LOS CHAKRAS

Haga este ejercicio en una habitación en la que pueda estar solo. Párese con sus pies en dirección de sus hombros. Tome respiros poco profundos. Visualice y sienta su chakra corona. Vea y sienta luz blanca fluyendo dentro de usted a través de su chakra corona. Dirija lentamente la luz blanca hacia abajo a su chakra frontal. Vea el color azul; sienta su calidad. Enseguida, dirija la luz blanca hacia su chakra de la garganta. Vea el color púrpura allí y sienta su calidad. Ahora, dirija la luz blanca hacia su chakra del corazón. Vea el color rojo y sienta su calidad fogosa. Luego, dirija la luz blanca hacia su chakra del plexo solar. Vea la luz amarilla y sienta la calidad de esta energía. Ahora dirija la luz blanca hacia su chakra genital. Vea la luz roja/anaranjada allí y sienta su energía. Ahora dirija la luz blanca hacia su chakra de la tierra. Vea la luz verde allí y sienta su energía. Registre sus impresiones.

A medida que mueve energía hacia abajo por la columna, puede encontrar un engrosamiento, obstáculo o un bloqueo en una o más de las chakras. Esto indica el lugar en donde puede tener algunas discrepancias. Para despejar el bloqueo puede hacer lo siguiente:

- identifique la discrepancia;

- dirija la discrepancia;

- energice el chakra.

Quizás entienda de inmediato cuál es la discrepancia que está bloqueando el chakra. Si no lo hace, puede utilizar sus sentidos expandidos para identificar lo que está sucediendo. Puede hacer una sesión de adivinación con la pregunta "¿Qué está causando este bloqueo?" Antes de que se duerma, puede dar a sí mismo la afirmación "Yo sueño acerca de la causa del bloqueo en mi chakra".

He aquí algunas posibles discrepancias asociadas con cada una de las chakras:

Chakra corona: **Asuntos espirituales.** ¿Tiene alguna discrepancia con la religión en la que fue criado? ¿No está seguro de su senda espiritual? Quizás necesita re-evaluar sus creencias espirituales antiguas o establecer una relación con una religión o filosofía que le ofrezca una estructura para su desarrollo.

Chakra frontal: **Ideas.** ¿Duda de las percepciones que está recibiendo? ¿La mente consciente está alejando la comunicación de lo inconsciente? También podría tener un problema físico con sus ojos. Tenga mucho cuidado con ellos. Intente el 'cupping' (técnica antigua de curación que consiste en un ejercicio para relajar sus ojos). Coloque las manos sobre los ojos de manera que las palmas se arqueen sobre ellos como en forma de copa. Cierre los ojos y presione suavemente con sus manos sobre los músculos que los rodean (nunca directamente sobre el ojo). Esto puede ayudar a relajar sus ojos y a aliviar los dolores de cabeza. También puede practicar el trabajo de los sueños. Poniéndose en contacto con las imágenes en sus sueños de manera respetuosa enviará a su mente inconsciente el mensaje que está dispuesto a escuchar.

Chakra de la garganta: **Discurso.** Un bloqueo aquí puede indicar que existe algo que usted necesita decir y que no se está permitiendo a sí mismo decir. ¿A qué cambio en su vida se está resistiendo?

Chakra del corazón: **Emociones.** Su bloqueo puede indicar que hay un sentimiento que está evitando. ¿Se encuentra enfadado? ¿Está enamorado? ¿Se siente herido o vulnerable? Al identificar la emoción y su causa, puede decidir si necesita expresarse o proyectarse.

Chakra del plexo solar: **Salud.** ¿Qué tan saludable es usted? Su bloqueo indica la necesidad de poner atención a su bienestar físico. También puede estar bloqueando sus sentidos psíquicos.

Chakra genital: **Discrepancias sexuales.** Su bloqueo indica que está evitando o dirigiendo mal la energía sexual. ¿Se está permitiendo a sí mismo sentirse sexual? ¿Está expresando sexualmente energías que pertenecen a otro sitio, como el chakra del corazón?

Chakra de la tierra: **Conexión a tierra.** Un bloqueo aquí indica que se ha desconectado de la tierra y de su cuerpo. Usted podría necesitar aprender nuevamente la manera de sentir que habita en su piel y permitirse sentir el contacto con el campo de energía de la tierra.

Tan pronto como haya identificado sus discrepancias, puede decidir cómo las va a dirigir. Este es un excelente momento para hacer afirmaciones. Si está trabajando en un bloqueo en el plexo solar, podría decir: "Yo pongo atención a mi salud. Tomo comidas que son saludables para mí, hago ejercicio y duermo lo suficiente por las noches". También puede hacer afirmaciones en el espacio interior o hacer una película en su pantalla de visualización, en la cual se ve a sí mismo feliz de haber resuelto esos problemas.

Una vez haya identificado las discrepancias y trabajado en aclararlas, puede acelerar su progreso dirigiendo energía a las chakras bloqueadas.

DESPEJANDO LOS BLOQUEOS

En una habitación privada, párese con sus pies separados a la altura de los hombros. Respire un poco profundo. Visualice y sienta luz blanca entrando a su chakra corona. Ahora dirija la energía suavemente hacia el chakra bloqueado. Sienta cuando entra en el chakra, desatando los nudos y aclarando los canales de energía. Cuando el chakra está despejado, vea y sienta la luz blanca fluyendo hacia abajo a la columna central dentro del chakra de la tierra y abajo dentro del corazón.

No fuerce la energía a través del chakra, permítale empujar de manera suave y que gradualmente desate los hilos de energía anudados. Cuando haga este ejercicio puede obtener destellos de visiones, sensaciones o recuerdos asociados con el bloqueo. Esto es llamado algunas veces despejando la chatarra. ¡Esta puede ser una experiencia intensa! Usted puede descubrir que tiene mucha emoción o energía anudada en el bloqueo. Tome el despeje a su propio ritmo y no se fuerce a sí mismo a moverse más rápido de lo que puede controlar.

Si el chakra no se aclara después de varias sesiones, esto indica un problema más serio. Usted puede tener una discrepancia, la cual necesita trabajar con terapia. Además, algunos bloqueos están simplemente muy enredados debido a las experiencias físicas o emocionales, particularmente durante la niñez. En ese caso, puede enviar energía a través de la columna central y simplemente moverse alrededor del bloqueo, como un riachuelo fluyendo alrededor de una roca.

La energía del cuerpo interactúa con los campos de energía que se encuentran a nuestro alrededor. En el capítulo 1 practicamos tomar energía de lo profundo de la tierra, del Sol y de la Luna. Refinando esa técnica, también podemos intercambiar energía con lugares específicos. Sin embargo, es importante notar el tipo de energía que hay en un lugar. Algunos lugares tienen un impacto positivo en las personas, mientras otros son negativos u hostiles.

Una forma de conocer acerca de la energía de un lugar es aprender un poco sobre su historia. Por todo el mundo existen lugares que son conocidos por ser curativos, particularmente manantiales y fuentes termales para el baño.

También existen lugares que están alejados de la energía del mundo natural. Almacenes de grandes bodegas hechas de cemento sin ventanas, ubicadas en medio de grandes parqueaderos sin árboles no son buenos lugares para tratar de intercambiar energía con la tierra. Allí, es útil mantenerse protegido y también es, probablemente, una buena idea conectarse con la tierra nuevamente cuando haya abandonado el almacén, haciendo el ejercicio de la Montaña en el patio frontal de su casa o en el parque del barrio.

Algunas casas capturan las energías de las personas que han vivido y muerto allí. Las casas encantadas vienen con frecuencia con historias; las personas que las visitan o que viven allí han notado áreas de frío y han visto figuras fantasmagóricas en lugares específicos. Si inadvertidamente nos encontramos en una casa encantada, podemos encontrar un espíritu, registrar sensaciones o visualizaciones o soñar con eventos que han ocurrido en la casa. Los espíritus o recuerdos enérgicos de la casa, con frecuencia están confundidos y ocasionalmente son hostiles con los seres humanos vivos. Nuevamente, es una buena idea protegerse en tales ambientes.

Sin embargo, pocas casas son tan dramáticas como ésta. Cada hogar tiene su propia energía, compuesta parcialmente de la energía de la tierra sobre la cual está construida, parcialmente de la energía puesta dentro de la casa por sus constructores y parcialmente del residuo del pensamiento y la emoción dejada por otros que han vivido allí.

Es buena idea investigar la energía del lugar en donde vive. También puede realizar este ejercicio en un parque.

SINTIENDO UN LUGAR

Baje su escudo de manera que su aura esté intercambiando energía libremente con su alrededor. Camine por todo el lugar. ¿Registra inmediatamente algunas sensaciones o imágenes? ¿Existe un lugar en particular que se sienta diferente de los otros?

Luego, siéntese en una silla o en un banco en algún lugar silencioso. Extienda sus raíces hacia abajo dentro de la tierra. Traiga la energía del lugar hacia arriba dentro de su cuerpo. ¿Tiene algunas sensaciones o imágenes acerca de esta energía?

Después haga algo de adivinación. Si se encuentra bajo techo, puede utilizar un tazón de agua; si se encuentra en exteriores, cierre sus ojos y traiga su pantalla de visualización. Formule la pregunta "¿Cuál es la energía de este lugar?"

Si está durmiendo (en un dormitorio de la casa o acampando), también puede inducir un sueño acerca de esto. Antes de ir a dormir, dé a sí mismo la afirmación "Yo sueño acerca de la energía de este lugar".

Los espacios exteriores pueden ser tranquilos, como lo son los jardines japoneses o silvestres, o un parque cerca de una cascada. La mayoría de las casas tienen una energía razonablemente amistosa y, de alguna manera, confusa cuando nos tropezamos con ella por primera vez.

Además de sentir la energía existente, usted también puede generar campos de energía para proteger un espacio físico, justo como utiliza su escudo personal para proteger su propio cuerpo.

PROTEGIENDO UN LUGAR

Siéntese en una habitación silenciosa y centralícese a sí mismo. Tome unos pocos respiros profundos y cierre sus ojos. Traiga su pantalla de visualización. Visualice el lugar en donde vive —su habitación, su apartamento, casa, bote, trailer, cualquiera que sea el lugar que es su espacio—. Ahora imagine un escudo de luz blanca rodeando el espacio. La luz blanca protege su casa de cualquier energía negativa.

También podemos poner un escudo alrededor de un carro, motocicleta o bicicleta. Estos escudos tenderán a desaparecer, a menos que los reforcemos frecuentemente. Sin embargo, si anclamos el campo a un objeto, éste puede permanecer sólido durante períodos de tiempo mucho más extensos. Aprenderemos más acerca de esto en el capítulo siguiente.

En este capítulo, aprendimos a crear un escudo personal, a energizar nuestras chakras y a despejar bloqueos, a investigar la energía de un lugar y a hacer un escudo simple alrededor de un espacio físico. Enseguida investigaremos formas para purificar cosas y lugares que tienen energías confusas o nocivas, las llenaremos con energías útiles y conscientemente escogidas y mantendremos campos de energía alrededor de los lugares, de forma que permanezcan limpios y seguros.

Energías de los objetos

Los objetos vienen con sus propias energías —tanto aquellos que se personifican naturalmente, como los que se acumulan estando en lugares específicos o siendo manejados por personas específicas—. Algunos objetos, especialmente plantas y piedras, tienen energía natural muy fuerte. Los magos las utilizan en ritos mágicos por sus propiedades particulares. Otros objetos son construidos específicamente para contener una carga mágica de tipo particular. En general, cuando trabajamos con un objeto debemos limpiar el objeto de la energía extraña acumulada y cargarlo con energía específica para que actúe para un propósito específico.

Manipulación de objetos

Antes de trabajar con un objeto, es necesario realizar una lectura sobre su estado de energía actual. Escoger un objeto y aprender acerca de su historia se le llama *psicometría*. Ésta es una variación de las habilidades que ya hemos aprendido.

PSICOMETRÍA

Pida a un amigo que escoja un objeto. El objeto debe tener un poco de historia personal para su amigo, de la cual usted no sabe nada —por ejemplo, la brújula que llevó al campamento de verano cuando era un niño, o su primera muñeca Barbie—. Puede llevarse el objeto y trabajar sobre él en privado; no tiene que realizar este ejercicio enfrente de su amigo. Levántelo y manténgalo en su mano. Centralícese, respire profundamente, aclare su mente, cierre sus ojos y traiga su pantalla de visualización. ¿Qué impresiones obtiene del objeto? ¿Ve una imagen, o tiene una sensación acerca de éste? Escriba sus impresiones. Ahora pregúntele a su amigo sobre la historia del objeto.

La psicometría es una habilidad útil si está utilizando un objeto que escogió en una tienda de antigüedades. Puede ser que usted no tenga más fuente de información sobre el objeto que las impresiones que obtenga de él. Al sostenerlo en la tienda, puede decidir si este objeto es apropiado para el uso que le eligió o si es mejor seguir buscando.

A todos nosotros durante nuestras carreras mágicas nos han pedido que manipulemos un objeto con energía negativa. La siguiente técnica es buena para manipular objetos de otra persona cargados mágicamente, sin drenar su energía ni dejar ninguna energía suya sobre ellos.

EL GUANTE

Elija un objeto para trabajar. Un poco de dinero, tal como una moneda, es un buen objeto para este ejercicio —las monedas recogen cantidades de energía al pasar por muchas manos—.

Tienda su mano. Visualice y sienta un guante de luz blanca, así como el escudo, cubriendo toda su mano. Tome el objeto y sosténgalo durante un minuto, manteniendo la visualización y sintiendo el guante. Suelte el objeto. Reabsorba, derrita o deje a un lado el guante.

Así como su escudo personal, esta es una técnica la cual podría ser llamada a utilizar en un aviso momentáneo. Por ejemplo, si un amigo mágico le pregunta "¿Me sostienes esta herramienta durante un minuto?", usted puede utilizar el guante para aislarse de la carga mágica del objeto y también para evitar que el objeto tome algo de su energía.

Purificación

Purificar un objeto significa despojarlo de energías que tiene acumuladas y que no queremos que tenga. Por ejemplo, cuando queremos comprar una taza en una tienda, la cual queremos utilizar como herramienta mágica, definitivamente queremos limpiarla de las energías de otras personas que la tomaron y que pensaron comprarla. La energía del fabricante está atada al objeto y no puede ser limpiada, ¡así que no le compre una herramienta mágica a alguien que no le guste!

Los magos usualmente utilizan la tierra y agua como agentes purificadores. Algunas herramientas mágicas, como su cuchillo, pueden ser enterradas durante un período de tiempo. En la mayoría de los casos utilizaremos agua para este propósito. Si el objeto es pequeño, tal como un anillo, este puede ser sumergido en el agua. Objetos más grandes pueden ser rociados con agua.

Podemos agregar un agente purificador al agua. Algunas hierbas como la lavanda, actúan bien. La mayoría de los magos le agregan sal al agua para purificar. La sal hecha de agua salada es el mejor agente purificador. (Si usted vive cerca del mar o del océano, puede obtenerla colocando agua salada en el horno microondas hasta que el agua se evapore y quede la sal). Sin embargo, la sal no es una buena elección, si ésta corroe la herramienta que está siendo purificada, tal como la hoja de un cuchillo.

Debemos ser cuidadosos de la manera en que desechamos el agua salada. La sal es nociva para las plantas, así que si dejamos el agua salada en el mismo lugar sobre el césped una y otra vez, ¡secaremos el pasto! También queremos ser cuidadosos del lugar donde arrojamos agua, especialmente si la hemos utilizado para limpiar energías realmente negativas de un objeto, de manera que la energía negativa sea desechada apropiadamente. Es mejor arrojar el agua de purificación dentro de otra agua, preferiblemente agua corriente. (La taza del retrete puede ser conveniente).

El siguiente rito de purificación es muy simple.

PURIFICANDO UN OBJETO

Llene un tazón casero con agua. Añada al agua otro agente purificador. Mantenga su mano sobre el agua y diga "esta agua actúa para limpiar y purificar". Ahora rocíe un poco de agua sobre el objeto a purificar. Puede utilizar su mano, una rama de una planta o una cuchara para sacar el agua. A medida que va rociando el objeto, diga "está limpio y purificado". Visualice y sienta las energías confusas o negativas disolviéndose y alejándose del objeto.

Es posible que deba trabajar con un objeto con energía realmente desagradable. Algunos talismanes protectores están diseñados específicamente para recoger energías negativas y necesitan ser limpiados una y otra vez. En ese caso protéjase a sí mismo de la energía del objeto mientras lo purifica.

LOS BRAZALETES

Escoja un objeto similar al que utilizó en el ejercicio del Guante. Centralícese y tome algunos respiros profundos. Ahora mantenga sus brazos enfrente de usted. Visualice y sienta brazaletes en cada brazo en alguna parte entre su muñeca y el punto medio arriba de su brazo. Puede hacerlos de cualquier color o verlos de cualquier metal o piedra, con tal que asocie ese color o piedra con la energía bloqueadora.

Sostenga el objeto, visualice y sienta la energía moviéndose desde el objeto hacia dentro de sus manos y deteniéndose en los brazaletes. Ahora toque la tierra con sus manos. Visualice y sienta la energía del objeto moviéndose hacia dentro de la tierra.

Visualícese y siéntase a sí mismo quitándose los brazaletes. Obsérvelos y siéntalos desvanecerse. Sacuda sus manos como si estuviera sacudiéndose el agua para purificarse a sí mismo de cualquier energía remanente del objeto. Centralícese nuevamente. Finalice con un ejercicio de construcción de energía, como el del Árbol.

Este también es un buen ejercicio para utilizar si planea sanar a alguien. Usted puede expulsar energía hacia la persona que está tocando, pero ninguna energía de la persona se regresará hacia usted —ésta es detenida por los brazaletes—.

Además de purificar objetos, podemos purificarnos a nosotros mismos. Hasta ahora estamos utilizando el escudo para protegernos de ambientes negativos. Sin embargo, la energía negativa puede adherirse a la parte exterior del escudo. La mayoría de nosotros genera o atrae algo de energía negativa a medida que avanzamos durante el día: alguien se enoja con nosotros, nos salimos de casillas o un miedo cruza nuestra mente. La purificación retorna el aura a su estado natural y limpio.

PURIFICARSE A SÍ MISMO

Llene un tazón casero limpio con agua limpia. Rocíela sobre su cabeza. A medida que hace esto, imagine y sienta una luz blanca laminando su aura. Dé a sí mismo la afirmación "estoy limpio". Puede terminar con el ejercicio del Árbol para limpiar todo su cuerpo enérgico.

Este es un gran ritual para realizar en el baño o en la ducha. A medida que el agua purifica su piel, tome un momento para imaginar que también está limpiando su aura. Puede utilizar un agente purificador como jabón de lavanda para aumentar la acción del agua, purificando su cuerpo y su energía al mismo tiempo.

También puede limpiar un espacio físico.

PURIFICAR UN ESPACIO

Primero, limpie el espacio físicamente aspirando el piso, sacudiendo los estantes y recogiendo todas sus cosas. Esto minimizará los lugares que puedan recoger energía negativa, tales como guarda-escobas y rincones olvidados. Cuando limpie su lugar, convénzase a sí mismo que está comprometido a tener un espacio limpio.

Ahora, camine por toda la casa, rociándola con agua. Puede hacerlo en el sentido contrario al de las manecillas del reloj o en sentido contrario al sol —esta es una buena dirección para moverse cuando está expulsando energía de un espacio—. Diga "limpio esta casa de toda la energía confusa y negativa".

En vez de utilizar agua, también puede utilizar una escoba para ahuyentar la energía negativa. Cuando lo haga, saque la escoba y retire la energía sacudiéndola.

Carga

Una vez el objeto o espacio esté limpio, puede llenarlo de energía.

CARGANDO OBJETOS

Escoja un objeto al que quiera infundir energía —por ejemplo, una caja pequeña que utilizará para contener artículos mágicos—.

Para empezar, llene un tazón con agua para purificar la caja con ésta. Rocíe la caja con el agua diciendo "estás limpia". Visualice y sienta fluyendo hacia fuera las energías confusas acumuladas de las personas que la han tocado.

Encienda una vela blanca. Pase la caja por encima de la vela, diciendo "estás cargada para proteger mis piedras".

¡Tenga cuidado de no pasar la caja muy cerca de la llama hasta el punto de carbonizarla!

Ahora párese enfrente del objeto. Centralícese sintiéndose consciente de su punto seleccionado. Tome unos suspiros profundos. Cuando inhale, vea luz blanca fluyendo hacia dentro de su cuerpo de energía a través del centro de la corona, hacia abajo por la columna central hacia la chakra de la tierra en medio de sus pies. Sienta la energía regresando hacia arriba por la columna central hacia su punto seleccionado.

Mantenga las manos encima del objeto e inhale. Cuando exhale, visualice y sienta la energía moviéndose desde su punto seleccionado a través de sus brazos, a través de sus palmas y hacia dentro de la caja. Vea y sienta la caja completamente bañada por la luz.

Cuando sienta que la caja ha absorbido suficiente energía, toque la tierra con sus manos para descargar cualquier exceso de energía. Deje de atraer energía a través de su chakra corona y permita que la energía caiga por su columna central hacia dentro de la tierra.

En este capítulo aprendimos cómo manipular y purificar objetos y espacios y cómo cargar objetos y espacios con una energía particular. Enseguida aprenderemos a utilizar objetos para fijar campos de energía alrededor de las personas y de los lugares.

Energía para protección

Podemos utilizar nuestra energía y atención personal para fijar campos de energía a nuestro alrededor, de nuestras posesiones y hogares. Estos escudos se vuelven mucho más fáciles de sostener cuando están fijados a objetos cargados y cuando utilizamos las energías naturales de las plantas y de las piedras para alimentar los escudos.

¿Por qué querríamos proteger mágicamente nuestro espacio? Lo hacemos para mantenernos —junto con nuestras posesiones— a salvo de la intrusión de energías y espíritus perjudiciales. Algunas personas se muestran reticentes ante la disciplina o dicen que desean estar abiertos a todas las influencias. Aunque es importante poder intercambiar energía con el medio ambiente, también es importante reconocer que no todas las personas ni las energías desean nuestro bien. Protegernos a nosotros mismos y a nuestro espacio nos da la libertad de elegir con cuáles energías interactuaremos y cuáles energías pasaremos por alto.

Las personas que empiezan a utilizar la magia son particularmente susceptibles a las fluctuaciones de la energía. Antes de practicar la magia, no estábamos tan interesados en el mundo mágico que hay a nuestro alrededor. Sin embargo, una vez empieza, aparecerá en el mapa de todos los espíritus y elementos y otros usuarios mágicos de su entorno. Estos espíritus vendrán a investigarnos. Algunas veces tienen buenas intenciones, pero causan destrucción sin quererlo. Otras veces tienen la intención de ponernos a prueba o simplemente de jugar con nosotros. La protección mágica previene que cualquier energía entre a nuestro espacio, excepto aquellas a quienes invitamos conscientemente.

Otras personas que acaban de iniciarse en la magia van hacia el otro extremo y ven peligro en todo momento. Cada adversidad es una causa para sospechar un ataque mágico. Es cierto que los facultativos mágicos sí se atacan ocasionalmente entre sí, pero estas ocurrencias son tan raras que se convierten en cuentos famosos. El ataque mágico implica una gran cantidad de tiempo y atención y las pocas personas que tienen ese tipo de disciplina lo desperdician expulsando energía negativa. Si protegemos nuestras casas y nos protegemos a nosotros mismos, todas las energías dirigidas en nuestro camino, rebotarán inofensivamente.

La protección mágica no sustituye la protección física. Antes de hacer cualquier otra cosa a nuestra casa, asegúrese que está físicamente segura —que todas las puertas y ventanas estén aseguradas, que los detectores de humo tengan baterías funcionando y que el sistema eléctrico esté en buen estado—. También asegúrese de mantener otros procedimientos de seguridad: estar alerta cuando caminamos por el mundo, poner atención a las personas que nos rodean cuando retiramos dinero de un cajero automático y practicar la entrada al automóvil rápidamente y asegurar todas las puertas. También podemos tomar una clase de defensa personal. La protección mágica es mucho más efectiva cuando ésta reposa sobre una base física sólida.

Custodia

Hemos dado pasos para protegernos a nosotros mismos y proteger nuestro hogar. Hemos limpiado nuestra aura y lavado nuestra casa de arriba abajo. Ahora queremos colocar un escudo de energía para protegernos a nosotros mismos y a nuestro espacio. ¿Cómo hacemos eso?

La palabra que describe este proceso es *custodia*. Como sustantivo, una custodia es un objeto protector, como un talismán o un amuleto. También puede ser utilizada para describir patrones de energía, como pentagramas, los cuales son aplicados a algo para protegerlo. Un *guardián* es un ente mágico que tiene la tarea específica de proteger un lugar determinado.

Como verbo, custodiar significa proteger mágicamente un objeto o persona. Custodiar es el acto de colocar objetos cargados mágicamente, crear patrones de energía o llamar entes para proteger un lugar o una cosa.

Para custodiarnos, creamos un escudo personal. Podemos fortalecer el escudo con objetos protectores llamados *talismanes* o *amuletos* que llevamos consigo. Estos incluyen joyas, bolsas de medicina, cuerdas y símbolos.

Los pentaclos son populares como collares de protección. Los brujos generalmente los llevan puestos para identificarse, pero algunas veces personas que no son brujos los llevan puestos simplemente por su valor protector. Sea consciente de que si usted no es un brujo, puede ser confundido con uno de ellos cuando lleve puesto un pentaclo. Algunos de estos vienen con piedras semipreciosas en el centro. Mi favorito es un pentaclo de plata con una piedra calcedonia roja.

Algunas personas también utilizan bolsas de medicina, las cuales son bolsitas que se llevan puestas alrededor del cuello y contienen objetos naturales como piedras, plumas y hierbas. Ésta es quizás la mejor forma de llevar un objeto protector. También podemos conservar una piedra o hierba en nuestro bolsillo. Las piedras y plantas específicamente protectoras incluyen bayas de serbal, acebo, ónice, calcedonia roja y granate. Un protector especialmente bueno es una piedra con un hueco hecho naturalmente.

Los anillos también pueden dar protección mágica. Un anillo es una custodia personal excelente porque es un círculo; como éste se cierra alrededor del dedo, fortalece el escudo que encierra todo el cuerpo. Un brazalete actúa similarmente como un intensificador del círculo.

UTILIZANDO UNA CUSTODIA PERSONAL

Haga esta operación en un lugar privado en el que nadie lo perturbe.

1. **Elija la custodia.** Ésta puede ser una joya, una bolsa o una piedra.

2. **Limpie la custodia.** Asegúrese de que ésta está enérgicamente lista para utilizar, limpiándola con agua.

3. **Límpiese a sí mismo.** Rocíe agua sobre sí mismo. Haga el ejercicio del Árbol.

4. **Cargue la custodia.** Purifíquela con un incienso apropiado o tóquela con un aceite apropiado. Infunda al objeto la energía del color apropiado. Diga "Yo cargo este objeto para protegerme y para mantener mi escudo personal".

5. **Protéjase sí mismo.** Utilice el escudo para construir su escudo personal. Ahora póngase la joya o coloque la bolsa o la piedra en su bolsillo. Vea y sienta su energía alimentando su escudo.

Además de fortalecer su escudo, los objetos que se llevan puestos en los puntos chakra pueden fortalecer y estimular esa chakra en particular. Las sacerdotisas wiccan algunas veces llevan puestas coronas de la luna sobre su frente, las cuales estimulan el tercer ojo para trabajos de aquelarre. Las personas llevan puesto con frecuencia collares en la chakra de la garganta y en la chakra del corazón. El collar puede contener una piedra que tenga una energía particular con la que usted desea trabajar. Si siente que está expulsando demasiada energía o que es demasiado vulnerable ante el mundo, puede llevar puesto una bufanda de seda alrededor de su plexo solar para mantener su energía consigo mismo. La seda es un aislante natural de la energía.

También pueden llevar puesto objetos para fortalecer sus centros menores. Si está realizando un trabajo mágico de brazalete, puede aumentar los brazaletes de energía, con algunos físicos. ¡Simplemente asegúrese de lavarlos periódicamente! Algunas personas disfrutan utilizando pulseras para el tobillo que tintinean a medida que caminan, para celebrar alegremente su conexión con la tierra.

Yo casi siempre tengo una custodia conmigo cuando camino por el mundo. Algunas veces me quito mis custodias cuando estoy en un ambiente natural, el cual deseo sentir. Algunas operaciones mágicas tales como las iniciaciones, requieren quitarse todas sus custodias. Sin embargo, muy frecuentemente, me quito las custodias cuando entro a mi propio espacio custodiado. Es como soltarme mi cabello mágico.

Para custodiar el espacio en que vive, debe decidir primero cuánto de éste está dispuesto a incluir o puede incluir. Si posee o arrienda su propia casa, puede custodiar toda la construcción. Es mejor custodiar la casa y el patio por separado. Los extraños pueden venir por el patio (por ejemplo, quien lee los medidores), pero casi nadie puede entrar en su casa, a menos que usted lo invite específicamente. La policía y los dueños son las excepciones bajo ciertas circunstancias.

Si vive solo en un apartamento, puede custodiar todo el apartamento, más no el edificio. No es ético ni mágicamente seguro custodiar partes de un edificio que usted no habita. Si lo hace, está exponiendo a los vecinos a energía mágica sin su permiso y está incluyendo en su propio espacio la energía de ellos, la cual usted no puede controlar. De manera similar, si vive en una habitación rentada, solamente puede custodiar la habitación.

Si vive en un espacio con otras personas y no tiene su propio espacio personal, necesita hablar con las personas con las que está viviendo acerca de la custodia del espacio. Ellos pueden ser o no usuarios mágicos. Pueden recibir con agrado su disposición de protegerlos mágicamente a todos o pueden considerarlo una intrusión. Si está viviendo con personas que se sienten incómodas con la magia y usted definitivamente quiere custodiar su espacio, tiene que buscar otro espacio para vivir. Si no puede custodiar su espacio y no se puede mudar, puede confiar en su escudo personal hasta que llegue el día en que pueda controlar su propio espacio.

Custodiar una casa significa sellar energéticamente todas las entradas de ésta. Incluyen todas las ventanas y puertas. Puede utilizar una línea de sal a lo largo de los umbrales y de los dinteles de las ventanas. También puede poner una custodia encima de cada ventana.

Existen muchos tipos de custodias de casas. Mis favoritas incluyen sartas de bayas de serbal y pequeños ojos de vidrio comprados en tiendas de artículos egipcios, los cuales han tenido artículos de protección árabe durante muchos años. Si es judío, puede utilizar un *mezuzah* (pequeño recipiente que contiene parte de las Sagradas Escrituras y que los judíos suelen adherir al umbral de la puerta) sobre la puerta. También puede utilizar un espejo para repeler las influencias negativas. Algunas personas utilizan herraduras o un jaez de latón sobre la puerta.

Para empezar inmediatamente, utilice una arcilla para hornear (como fimo o masa para moldear) de un color protector (rojo, por ejemplo) y fabrique pequeños discos con huecos para colgarlos sobre las ventanas y las puertas.

PROTEGIENDO UN ESPACIO

1. **Limpie el espacio.** Limpie físicamente la casa. Ahora camine alrededor de ella en el sentido contrario al de las manecillas del reloj con una escoba y barra el aire. Empuje la energía no deseada enfrente suyo y bárrala, sacándola por la puerta. También puede caminar alrededor de la casa en el sentido contrario al de las manecillas del reloj con un huevo, mientras visualiza y/o siente todas las vibraciones de la casa que no son positivas para usted fluyendo dentro del huevo. Entierre el huevo fuera de la casa cerca de la puerta del frente.

2. **Proteja el espacio.** Siéntese en el centro de su espacio. Centralícese y tome unos pocos respiros profundos. Visualice y sienta un escudo de luz blanca rodeando su casa. Diga "esta casa está protegida de todas las energías, excepto de aquellas que yo específicamente invite".

3. **Active las custodias.** Deposite sal en las puertas o por todo el rededor de la casa. Dibuje pentagramas sobre todas las puertas y ventanas con su mano en el aire. Coloque objetos de custodia arriba de las puertas y de las ventanas. Trabajando en el sentido contrario a las manecillas del reloj, toque cada una de sus custodias.

Purificando y cargando un espacio custodiado

Custodiar una casa es lo mismo que aislarla. El aislamiento físico mantiene la energía dentro de una casa, haciéndola más cálida en el invierno y más fría en el verano. De forma similar, una casa custodiada mantiene la energía negativa afuera, pero también permite que la energía se acumule adentro. Todos nuestros momentos de depresión, nuestras luchas, nuestras pesadillas y episodios de llanto, todos son atrapados dentro de nuestra casa. Necesitamos purificarla periódicamente. Algunos practicantes de la religión wicca lo hacen dos veces al año, el primero de mayo y el día de Halloween (Beltane y Samhain). ¡Otra buena época para limpiar mágicamente es durante una limpieza física general de la casa!

LIMPIANDO UN ESPACIO CUSTODIADO

1. **Ventile el espacio.** Abra todas las puertas y ventanas.

2. **Limpie el espacio.** Camine en el sentido contrario al de las manecillas del reloj alrededor del espacio con una escoba, barriendo hacia fuera de la puerta la energía no deseada.

3. **Custodie el espacio una vez más.** Cierre todas las puertas y ventanas. Camine en el sentido de las manecillas del reloj alrededor del espacio, tocando todas sus custodias a su paso. Siéntese en el centro de su espacio y visualice y sienta el escudo de luz que hay alrededor de su espacio, destellando un fuerte brillo.

Usted puede realizar una versión abreviada de este rito cada vez que limpie la casa. Camine alrededor de la casa en el sentido contrario al de las manecillas del reloj una vez con una escoba y barra la energía hacia fuera de la puerta. Si ha tenido una pelea o una pesadilla, también puede barrer rápidamente hacia fuera esa energía.

También puede dar pasos para controlar la energía en un espacio custodiado. Existen dos operaciones específicas que usted puede realizar: atrapar la energía negativa e infundir energía positiva.

Los objetos que atrapan energía negativa son llamados *líos*. Usted puede hacer un lío de una tira de papel (como un atrapamoscas) o un lío de hilo. Probablemente sea una buena idea hacerlos de algo desechable. Deje caer el papel o hilo dentro de una jarra decorativa y colóquela en un sitio alto sobre una repisa. Cuando limpie la casa, asegúrese de sacar el hilo, desecharlo fuera de la casa y reemplazar el lío.

Muchos encantos generan energía positiva. Sobrecitos liberan al aire esencias agradables. Plantas vivas y flores frescas son grandes fuentes de energía, siempre y cuando estén vivas y saludables; las plantas y las flores muertas exudan energía chatarra. Muchas culturas tienen encantos específicos para la buena suerte. A mí me gustan los giros del trigo en varios patrones diseñados para traer amistad dentro de la casa y armonía entre sus habitantes. Usted puede invocar energías planetarias colocando jarrones del color apropiado por toda la casa.

Desmantelando custodias

Finalmente, es un buen protocolo mágico bajar nuestras custodias cuando abandonamos un lugar. Es simplemente justo para las personas que vivirán allí después. Ellos probablemente no serán usuarios mágicos y no tendrán idea de lo que está sucediendo cuando el sitio esté más y más cargado. Incluso si ellos son usuarios mágicos, es muy difícil descubrir qué le ha hecho otra persona a un espacio y romper sus custodias. Yo lo he hecho, y no es divertido. Además, si dejamos nuestras custodias, dejamos una conexión entre nosotros mismos y un lugar que ya no controlamos.

DESPEJANDO CUSTODIAS

1. **Baje las custodias.** Recoja todas las custodias de las ventanas y puertas. Cepille las puertas y ventanas que ha alineado con sal para dispersar la energía.

2. **Conecte a tierra el escudo.** Siéntese en el centro de su espacio. Vea y sienta el escudo de luz fluyendo hacia abajo desde el techo, a lo largo de las paredes y dentro de la tierra.

3. **Limpie el espacio.** Camine alrededor del espacio en el sentido contrario al de las manecillas del reloj con una escoba, barriendo su energía hacia fuera. Limpie el espacio físicamente.

En los últimos capítulos hemos aprendido cómo trabajar con el campo de energía del cuerpo, las energías de los objetos y los campos de energía de los lugares. Los hemos purificado de la negatividad y hemos creado cargas de energía positiva. Hemos aprendido cómo protegernos a nosotros mismos y a los lugares en los que vivimos.

Los próximos capítulos discuten formas de hacer nuestros rituales más efectivos trabajando con elementos y planetas, sincronizando el ritual para aprovechar las mareas mágicas, comprendiendo y utilizando procesos mágicos y definiendo los resultados que deseamos.

Elementos y planetas

Los tipos específicos de energía que utilizará con más frecuencia en el ritual son las provenientes de los elementos y de los planetas. Existen cuatro elementos y siete planetas. Ellos pueden ser utilizados por separado o en combinación.

Planetas

Ya hemos trabajado con la energía de la Tierra, el Sol y la Luna. Los otros planetas del sistema solar también tienen energías que afectan la Tierra. Una forma de describirlo es que las energías de los planetas zigzaguean dentro de la energía de la Tierra como hilos en un tapiz.

Esta es una magia muy antigua (los magos han trabajado con las energías de los planetas desde los tiempos de Babilonia) y no pertenece a ninguna tradición mágica particular. Las prácticas energéticas planetarias algunas veces son incluidas en y eclipsadas por la magia Cabalística. Sin embargo, no tratamos con la Cábala en este libro en absoluto. En lugar de esto, trabajaremos con las antiguas correspondencias de los planetas.

Cada planeta tiene su propia energía, la cual fue asociada con una deidad por las tribus babilonias, griegas, romanas y germánicas. Hoy en día, todavía llamamos a los planetas por los nombres de las deidades romanas con los que fueron asociados. Los planetas antiguos también fueron asociados con colores y con metales.

Tierra. El verde oliva de la vegetación representa este poder. El ámbar oscuro, el rojo óxido y el negro también son utilizados para invocar la energía de la tierra. Todas las piedras comunes, como granito, personifican la tierra. La tierra da una energía estable y sólida para realizar un trabajo mágico.

Luna. Los colores plata y blanco y el metal plata representan este poder. La Luna gobierna la noche, los sueños, los ciclos del cuerpo y la hechicería.

Mercurio. El color naranja representa este poder, y cualquier metal en aleación que no esté asociado con otro planeta, tal como el latón. Mercurio gobierna el aprendizaje, la tradición y curación herbal, la comunicación y la magia formal tal como la magia ritual.

Venus. La verdadera tonalidad esmeralda del verde representa este poder. Venus también puede ser representada por el color rosado, el oro ámbar y el metal cobre.

Venus gobierna el poder de la sensualidad, el disfrute de la vida, el poder de la unión emocional profunda y el amor.

Sol. El color amarillo y oro y el metal oro representan este poder. El Sol es la fuerza brillante que infunde vida a nuestro planeta. Éste gobierna el poder y la capacidad de hacer lo que se desea cuando se desea.

Marte. El color rojo y el metal hierro representan este poder. Marte es la fuerza antigua de la guerra. El guerrero protege, defiende y comprende la disciplina y el uso apropiado de la rabia. Marte representa una pasión no sexual, tal como la pasión por el trabajo.

Júpiter. El color azul y el metal estaño representan este poder. Júpiter es el planeta de la autoridad y gobierna la docencia, el oficio político, la gerencia y la justicia.

Saturno. El color negro y el metal plomo representan este poder. Saturno gobierna el tiempo y el destino —este es el planeta de la limitación y la restricción—.

Los productos naturales de la tierra —las plantas y las rocas— también han sido asociados con los planetas, aunque estas asociaciones cambian con el tiempo. Si desea asociar una roca o una planta con un planeta, puede hacer la conexión a través del color del objeto. Las flores rojas, como la crocosmia pertenecen a Marte, al igual que las piedras rojas, tales como granate y el jaspe rojo.

Existen ciertas plantas que han sido utilizadas por los magos durante tanto tiempo, y se conocen muchas cosas

119

acerca de sus propiedades. Las siguientes son útiles y también son fáciles de cultivar o de encontrar en las tiendas.

Aloe. La mejor planta casera, especialmente buena para las quemaduras de la piel. Asociada con la Luna.

Albahaca. Una buena hierba culinaria; planta de Marte.

Consuelda. Toda curativa, buena para todo tipo de curaciones. Asociada con Saturno.

Feverfew. Buena para las migrañas y para la vista. Asociada con el Sol.

Lavanda. Buena para la purificación. Una hierba muy popular, utilizada en jabones y en comidas. Asociada con Mercurio.

Rosa. Los aceites de las rosas son una fuente excelente de vitamina C y los pétalos secos de rosa son maravillosos en saquitos. Asociada con Venus.

Salvia. Otra buena hierba sazonadora y también buena para quemar y purificar el ambiente. Planta de Júpiter.

Hay muchas más plantas asociadas con los planetas —En Internet aparecerán docenas de listas—. Esta lista es un buen comienzo, y las plantas están ampliamente disponibles.

Las plantas son utilizadas para hacer aceites e inciensos. Usted puede aplicar aceites a sí mismo o a los objetos o agregar unas pocas gotas en agua para dar fragancia a un espacio. Los inciensos pueden ser quemados para infundir energía en un área.

Tierra. Pino, pachulí

Luna. Jazmín, gardenia

Mercurio. Lavanda, limón

Venus. Almizcle, rosa

Sol. Incienso, sándalo

Marte. Canela, poleo

Júpiter. Cedro, salvia

Saturno. Mirra, civeta

Usted puede encontrar aceites de todas estas esencias y juntarlas con inciensos de la mayoría de ellos, así como conos y polvos para quemar en carbón.

Los magos también han explorado las propiedades de las piedras semipreciosas durante miles de años. Las siguientes son solamente unas pocas de las piedras más comunes, las cuales son económicas y fáciles de comprar.

Ámbar. Una piedra cálida; mejora la salud en general. Asociada con el Sol por su color y a Venus por su naturaleza amistosa. Como es una resina, también puede ser quemada como un incienso.

Amatista. Protege contra la intoxicación. En la Edad Media el vino era servido en copas de amatista para prevenir la intoxicación del bebedor. Es una piedra de Júpiter por su color y su calidad al alcance de su mano.

Heliotropo. Brinda valor y fuerza. Una piedra para los atletas y los guerreros, siendo así una piedra de Marte. Es también específicamente una piedra de brujo.

Carnelian. Una piedra roja, específicamente útil en la canalización de la energía y el suministro de protección, curación y poder sexual. Asociada con Mercurio por sus propiedades curativas.

Citrina. Una piedra animada, energética y feliz. Asociada con Mercurio o el Sol por su color.

Granate. Piedra de protección y un regalo de buena suerte. Buena para limpiar la sangre. Una piedra de Marte.

Hematita. Piedra protectora popular. Una piedra lunar.

Azabache. Absorbe la energía negativa. Las brujas, especialmente aquellas a cargo de grupos, visten collares de ámbar y azabache para significar su oficio. Asociada con Saturno.

Lapislázuli. Piedra de Júpiter; personifica la calma y la autoridad.

Ágata de musgo. Ayuda a conectar a tierra la energía y a manifestar resultados. Piedra de la Tierra.

Labradorita o Piedra de la Luna. Una piedra de la Luna por su color. Ayuda a adivinar el futuro.

Ónice. Protección, especialmente para los viajeros. Una piedra de Saturno.

Cuarzo rosado. Esta piedra del corazón pertenece a Venus.

Jaspe rojo. Ayuda a conectar a tierra la rabia y, como tal, pertenece a Marte.

Topacio. La piedra del Sol. Brinda poder a cualquier cosa que usted haga.

Las piedras y las plantas contienen su propia energía. Es buena idea purificar una piedra que haya comprado en una tienda para despojarla de cualquier energía que pueda haber recogido de las personas que la hayan manipulado.

Energía elemental

Las operaciones mágicas a menudo utilizan fuerzas elementales para mover la energía. Los cuatro elementos son: tierra, agua, fuego y aire. Los antiguos griegos identificaron primero estos elementos como los bloques constructores de nuestro mundo. Cada elemento tiene una característica diferente y gobierna procesos que afectan el trabajo.

Tierra

Ya hemos examinado la tierra cuando hablamos acerca de los planetas. La tierra es el más estable de todos los elementos y con frecuencia está representado por piedras. La sal también puede ser utilizada en el ritual para atraer hacia adentro la energía de la tierra. Sus cualidades son: pesada, oscura y fría. La tierra es la parte mineral carnosa de nuestros cuerpos.

Un objeto de tierra, como una piedra o el piso de la tierra misma, puede ser utilizado para sacar el exceso de energía cuando el ritual se ha realizado. Este proceso es llamado conexión a tierra o, algunas veces, enterrando la energía.

La tierra está representada por el color verde. Cuando se utiliza como un elemento, el verde con frecuencia es más brillante y más cercano al verde esmeralda que el color oliva o pino que representa la tierra como un planeta.

PROCESO: ENTERRAR Y TOCAR

El elemento de tierra es utilizado para purificar objetos y personas. Los brujos algunas veces entierran cuchillos para purificar y dedicarlos a servir como una herramienta mágica. Los magos también tocan la tierra o el suelo para conectar a tierra el exceso de energía o para sentir la presencia confortable de la tierra.

Agua

El agua es un elemento fluido. Tiene la cualidad de la libertad. Cede fácilmente, como una corriente que se separa alrededor de las piedras, pero tiene gran poder sobre el tiempo, ya que el agua termina desgastando la piedra. El agua compone la mayor parte del cuerpo humano y es esencial para su supervivencia. El color azul representa este elemento.

PROCESO: SUMERGIR Y ROCIAR

El elemento del agua también es utilizado para purificar objetos y personas. Los dos elementos de tierra y agua pueden ser combinados para formar un agente purificador poderoso adicionando sal (personificando el elemento tierra) al agua. Los objetos pueden ser sumergidos completamente en el agua. Además, el agua puede ser rociada sobre un objeto, lugar o persona que se desee purificar.

Aquellas cosas que llevan la energía de la tierra, generalmente son poderosas dentro de ellas y por sí mismas. El agua es un maravilloso conductor de la energía. Los magos frecuentemente cargan agua específicamente como un agente purificador.

El agua puede ser cargada con la energía de los planetas. Tome un florero o un tazón del color apropiado (por ejemplo, rojo para Marte) y llénelo con agua. Atraiga energía roja dentro de su columna central a través de su chakra de corona, llévela hacia abajo a sus pies, tráigala de regreso arriba hacia su punto seleccionado y luego a través de sus brazos y hacia fuera a través de las palmas de sus manos. Sostenga las manos sobre el florero y llene el agua con la energía. Diga "tú estás cargada con el poder de Marte". Entonces usted puede utilizar el agua para rociar a los objetos o personas que desea que tengan la energía de Marte —por ejemplo, una herradura de hierro que usted planee colocar sobre su puerta para protección—.

Fuego

El fuego es el elemento que transforma la energía de una forma a otra. Esta es energía pura. En su forma más primitiva puede ser muy destructivo. También se puede hacer uso de éste para suministrar calor y cocinar la comida. El fuego

125

es la energía dentro de nuestros cuerpos que nos mantiene en marcha. Éste es representado por el color rojo.

PROCESO: QUEMAR

El fuego puede ser un agente purificador —por ejemplo, algunas veces quemamos algo que ya no queremos—. En términos prácticos es mejor convertir la energía que deseamos remover de nuestras vidas en un objeto fácil de quemar. La forma más fácil de hacer esto es convertir la energía en un pedazo de papel, sacudiendo un objeto con el papel o escribiendo una frase descriptiva. Luego queme el papel.

Una nota sobre la seguridad ante el fuego: el fuego es el elemento más propenso a causar un accidente en el círculo ritual. Unas pocas precauciones pueden asegurar que usted siempre tenga un ritual seguro. Primero, conserve las velas en posición vertical sobre las mesas. A muchos se les ha encendido una bata debido a velas colocadas en el suelo. Si quiere colocar velas en los cuatro rincones, está bien colocarlas en las bandejas de ver televisión e incluso en cajas. Puede cubrir las bandejas o las cajas con pedazos de tela del color apropiado. Segundo, tenga un aislante por debajo de los objetos que se van a quemar, en particular el carbón de incienso. Yo utilizo una baldosa salvamanteles de cerámica debajo de un plato metálico lleno de arena. Finalmente, cuando queme algo como un pedazo de papel, trate de hacerlo en un lugar seguro, tal como un sifón. La cerámica es un buen aislante y una fuente de agua está al alcance de la mano si el fuego se extiende más de lo esperado.

Aire

El aire es el más liviano de los elementos. Éste nos rodea; nadamos en él así como el pez nada en el mar, olvidando con frecuencia que estamos rodeados por éste. El aire es el elemento más importante para la supervivencia humana y solamente lo podemos hacer sin aire durante muy cortos minutos cada vez. Su fuerza puede ser muy poderosa y destructiva cuando brama en los huracanes y tornados. También puede ser la brisa que nos refresca en un día cálido de verano. El aire es representado en el ritual por el color amarillo.

PROCESO: ABANICAR Y HABLAR

Este elemento casi siempre es utilizado para consagrar en lugar de purificar. El aire puede ser combinado tanto con el fuego como con el agua para llevar a cabo una consagración.

Fuego y aire. Una barra de incienso encendida combina el poder del fuego (la llama que convierte la barra en humo) con el poder del aire (el humo llenando y dando esencia a la habitación). Usted puede abanicar el humo sobre un objeto, sobre un lugar o sobre las personas. El incienso puede llevar una carga planetaria y también puede llevar la energía de una planta en particular. Con frecuencia las sustancias son combinadas en mezclas elaboradas para generar energías que sean buenas para la purificación, la curación o la manifestación. Las recetas de incienso son realizadas a menudo cuidadosamente y son altamente apreciadas por las personas que las producen y las utilizan.

Agua y aire. Esta es una técnica particularmente buena para utilizar en lugares donde es impráctico o prohibido utilizar una llama. Agregue unas pocas gotas de un aceite esencial sobre un tazón de agua y abanique el agua. Esto distribuye la energía desde el aceite sobre el objeto, el lugar o la persona que estamos abanicando. Esto es especialmente bueno para utilizar en los hospitales, las oficinas y otros lugares públicos sobre los cuales no tenemos un control directo.

El elemento del aire lleva las palabras sobre las operaciones mágicas. La palabra hablada lleva gran poder en un nivel energético. Por esa razón, es una buena idea proteger el poder de la palabra —esto es, cumplir las promesas y decir la verdad—. Cada promesa rota y cada mentira debilitan la capacidad para decir mágicamente: "Esto sucederá". Cada promesa cumplida y cada verdad dicha fortalece la convicción cuando hablamos; lo que decimos sucederá.

En este capítulo hemos aprendido algunas de las correspondencias de los siete planetas y los cuatro elementos. Enseguida echaremos un vistazo a la sincronización mágica y a la manera en que las horas, los días y las fases de la Luna afectan nuestros rituales.

Sincronización mágica

Existen ritmos en la naturaleza que grafican las fluctuaciones de la energía. Las mareas fluyen hacia adentro y hacia fuera. Las fuerzas crecen y menguan, a veces aumentan a grandes niveles de poder y en otras ocasiones casi desaparecen. El ritual mágico se vuelve mucho más fácil cuando sincronizamos nuestras operaciones con los ciclos naturales de energía. Los patrones mágicos usualmente trabajan con los ciclos de las horas, los días, el mes lunar y el año solar.

Cada día la tierra gira alrededor de su eje, moviéndose desde la aurora hasta la oscuridad. Para el observador que está parado en la tierra, parece que el Sol gira alrededor de la tierra y nuestro idioma todavía refleja esta observación (por ejemplo, hablamos de la salida del Sol y de la puesta del Sol). También reconocemos los nodos de la luz del día (mediodía) y de la oscuridad (medianoche).

Muchas cosas vivientes responden al Sol. Ciertas flores giran para dar la cara al Sol a medida que éste se mueve cruzando el cielo. Grupos babuinos salvajes saludan al Sol todas las mañanas con un ritual bastante elaborado. En los tiempos helenísticos era muy popular pagar diariamente con respecto al Sol y esa práctica fue heredada por las tradiciones mágicas modernas.

Cuando saludamos al Sol por la mañana, alineamos nuestra propia energía con la energía del planeta. A medida que la tierra se calienta y las criaturas y las plantas que nos rodean responden a la luz creciente, existe un arrebato de energía disponible para levantarse y abordar el día. De forma similar, cuando el Sol se oculta, las plantas cierran sus flores, la tierra empieza a enfriarse y las criaturas diurnas se preparan para un período de descanso. Las fuerzas activas del día se retiran y los sentidos receptivos despiertan, listos para relajarse, socializar y para soñar.

ALINEAR CON EL SOL

Durante la aurora o cuando se levante por la mañana, mire hacia el Este y diga "Te saludo, poderoso Sol. Infunde mi día con tu brillo y tu calidez".

Durante la puesta del Sol, mire hacia el Oeste y diga "Te saludo, poderoso Sol. Que tu energía me sostenga hasta que sienta tu calidez de nuevo".

Haga este saludo incluso en los días cuando esté nublado y no pueda ver el Sol. Incluso durante los días nublados más oscuros, la luz atraviesa lo suficiente las nubes de forma tal que usted puede ver los objetos a su alrededor y la tierra responde al calor y a la luz. He vivido durante muchos años en el Pacífico Noroeste en donde las nubes lluviosas pueden persistir por más de cien días cada vez. ¡Incluso en ese caso es más importante agradecer al Sol! Yo sé que su energía está alimentando al mundo, incluso si no veo la esfera brillante.

Usted puede realizar cualquier rito mágico durante el día o la noche. Algunos magos prefieren trabajar durante la noche debido a que es más fácil caer en los estados de trance que algunas operaciones requieren. Sin embargo, si encuentra que tiene el tiempo para hacer una operación al mediodía, ésta funcionará perfectamente bien.

La otra lumbrera en el cielo, la Luna, tiene sus ciclos a través de un patrón mensual (Figura 3). Ésta se hace cada vez más grande, hasta que se convierte en un círculo completo y luego se hace cada vez más pequeña hasta que ya no la podemos ver más. Estos dos puntos en el ciclo son llamados Luna llena y Luna nueva. Algunas culturas y tradiciones mágicas reconocen más puntos en el ciclo, pero éstas son las más importantes. El tiempo comprendido desde el primer momento en que la primera creciente es visible en el cielo hasta la noche cuando la esfera llena es visible, es llamado cuarto creciente. El período entre la primera disminución de la esfera y la noche cuando la Luna no es visible en absoluto es llamado cuarto menguante.

La regla general del dedo gordo es hacer rituales que pretendan que algo aumente mientras la Luna es creciente y hacer rituales para disminuir cosas durante la Luna menguante. En la práctica, si está haciendo magia planetaria,

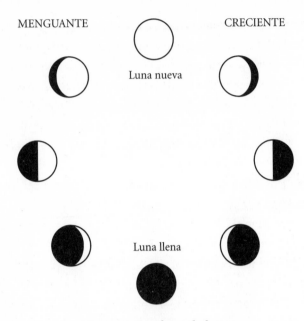

MENGUANTE   CRECIENTE

Luna nueva

Luna llena

Figura 3. Las fases de la Luna

existen otros factores que entran a participar. Sin embargo, si está haciendo un trabajo que involucra la energía de la Luna, es más inteligente tener en cuenta las fases de la Luna. Usted también puede combinar la fase de la Luna con otra energía, como hacer un ritual planetario para disminuir durante el cuarto menguante.

La Luna es más visible durante la noche. El Sol y la Luna parecen intercambiar sitios —uno rige el día y la otra rige la noche—. En general usted trabajará con el poder de la Luna mientras el Sol se encuentra oculto, a menos que esté haciendo un ritual lunar durante una hora planetaria de la Luna que ocurre durante el día.

OBSERVA LAS FASES DE LA LUNA

Utilice un calendario que muestre las fases de la Luna. ¿En qué fase se encuentra la Luna? ¿Cuándo es la próxima Luna llena y cuándo es la próxima Luna nueva? ¿Cuáles son las lunas llenas que sucederán este año?

Existen hermosos calendarios que muestran el arco de barrido de las fases de la Luna. Si usted compra uno de éstos y lo pega en la pared, éste puede ayudarle a visualizar lo que está sucediendo.

La Luna también atraviesa otros ciclos. Ésta se eleva y se pone en diferentes puntos en el horizonte, oscilando en un gran arco de norte a sur y de regreso nuevamente durante un período de trece años. Eso significa que estaremos buscando la Luna en diferentes lugares en el cielo. De la misma manera que nos alineamos a nosotros mismos con la energía del Sol, también podemos agradecer la fuerza de la Luna dando la cara a la Luna y ofreciendo un saludo.

ALINEAR CON LA LUNA

Viendo la primera medialuna: "Saludo al arco plateado de la Luna. Infunde mi vida con tu renovación".

Viendo la Luna llena: "Saludo al disco plateado de la Luna. Infunde mi vida con tu poder".

Viendo la media-Luna menguante: "Saludo a la esfera de plata de la Luna. Lava y limpia mi vida".

Durante la Luna nueva: "Saludo al disco negro de la Luna. Enséñame tus secretos".

Las mujeres también tienen un ritmo mensual regular: el período menstrual. Éste es llamado por algunos el tiempo lunar debido a que su patrón se comporta como la Luna. El útero elimina su sangre experimentando un proceso de purificación que dura entre dos y cinco días. Algunas culturas tratan esto como un momento de reflexión; las mujeres se retiran de las interacciones sociales normales y pasan unos pocos días descansando y soñando. Algunos ritos sexuales mágicos solamente pueden ser desarrollados por una mujer menstruante.

Muchas culturas reconocen un poder especial a la mujer en este tiempo. Tristemente, muchas culturas temen a este poder y lo codifican negativamente, calificando al proceso de impuro. Sin embargo, es un poder significativo disponible para las mujeres que puede ser agregado a las otras energías invocadas en un rito mágico.

EL PODER DEL TIEMPO LUNAR

Para aprender a utilizar este poder, haga una nota de su ciclo cuando registre las operaciones en su diario. ¿Sintió que su menstruación tenía algún efecto, tal como agregar energía o dirigir la energía en una dirección en particular?

En mi caso, aprendí que el primer día de mi tiempo lunar está totalmente dedicado a la renovación del cuerpo. Si trato de hacer alguna otra magia durante ese día, la energía tiende a oscilar descontroladamente. En el tercer día de mi tiempo lunar, la energía de mi cuerpo es fácil de dirigir y puedo agregarla a cualquier rito para darle una carga extra.

El poder del Sol y de la Luna también está disponible como parte del conjunto de energías planetarias. Éstas pasan cíclicamente en las horas del día y en los días de la semana.

Los babilonios notaron primero los planetas, a los cuales denominaron las "estrellas errantes" y las nombraron en el orden en el cual aparecen para un observador parado en la tierra: Saturno, Júpiter, Marte, Sol, Venus, Mercurio, Luna. Este orden está codificado en la Cábala. Los planetas más alejados —Urano, Neptuno y Plutón— no son visibles a simple vista y por esto no fueron conocidos por los antiguos. Los astrólogos modernos incorporan estos planetas de movimiento lento en sus interpretaciones, pero los magos generalmente trabajan con el orden babilónico (algunas veces llamado Caldeo).

En tiempos helenísticos estos planetas vinieron a ser asociados con los días de la semana:

Domingo: Sol

Lunes: Luna

Martes: Marte

Miércoles: Mercurio

Jueves: Júpiter

Viernes: Venus

Sábado: Saturno

Algunas de estas asociaciones son fáciles de recordar en español —Domingo claramente pertenece al Sol, Lunes a la

Luna y Sábado a Saturno—. Los otros cuatro días toman su nombre de las deidades germánicas asociadas con estos planetas: Martes es el día de Tiw, miércoles es el día de Wodin, el jueves es el día de Thor y el viernes es el día de Freya.

Usted puede haber notado que los días de la semana no siguen el orden caldeo. Esto es porque ellos fueron determinados por un ciclo de las horas planetarias. Todas las horas del día están regidas por un planeta diferente en el orden caldeo: Saturno, Júpiter, Marte, Sol, Venus, Mercurio, Luna. Si listamos las horas del día y de la noche por todas las veinticuatro horas, encontraremos que un planeta diferente comienza la primera hora del día. El domingo, es el Sol; el lunes es la Luna.

Aquí hora no significa nuestra hora equivalente de sesenta minutos. Esta fue fijada relativamente hace poco en el tiempo. En lugar de esto, existen doce horas planetarias del día entre la salida del Sol y el ocaso, y doce horas planetarias de la noche entre la puesta del Sol y el alba. En la primavera y en los equinoccios de otoño, éstas serán exactamente sesenta minutos. Durante el verano, las horas planetarias del día serán más largas y las horas planetarias de la noche más cortas; en el invierno, las horas planetarias de la noche serán más largas y las horas planetarias del día serán más cortas.

CALCULAR LAS HORAS PLANETARIAS

Si desea calcular las horas planetarias a mano:

1. Encuentre la hora de la salida del Sol y de su puesta. *Ejemplo:* 9:00 A.M. y 5:00 P.M.

2. Averigüe cuántos minutos hay de luz del día. *Ejemplo:* Hay 8 horas entre las 9:00 A.M. y las 5:00 P.M. 8 multiplicado por 60 es igual a 480.

3. Divida este número por 12 para hallar el número de minutos que hay en una hora planetaria. *Ejemplo:* 480 dividido por 12 es igual a 40.

4. Sume el número de minutos que hay en una hora planetaria al tiempo de la salida del Sol para encontrar la primera hora. *Ejemplo:* 9:00 A.M. más 40 minutos es igual a 9:40 A.M.

5. Ahora sume el número de minutos que hay en la hora planetaria al resultado que obtuvo en el paso 4 para hallar la segunda hora. *Ejemplo:* 9:40 A.M. más 40 minutos es igual a 10:20 A.M.

6. Continúe hasta que tenga las horas de inicio de cada una de las horas planetarias. *Ejemplo:*

Hora 1: 9:00–9:40
Hora 2: 9:40–10:20
Hora 3: 10:20–11:00
Hora 4: 11:00–11:40
Hora 5: 11:40–12:20
Hora 6: 12:20–1:00
Hora 7: 1:00–1:40
Hora 8: 1:40–2:20
Hora 9: 2:20–3:00
Hora 10: 3:00–3:40
Hora 11: 3:40–4:20
Hora 12: 4:20–5:00

7. Ahora haga el mismo cálculo para las horas de la noche. *Ejemplo:* 5:00 P.M. a 9:00 A.M. son 16 horas de noche. Esto nos da una hora planetaria de 80 minutos. Nuestras horas planetarias de la noche:

Hora 1: 5:00–6:20
Hora 2: 6:20–7:40
Hora 3: 7:40–9:00
Hora 4: 9:00–10:20
Hora 5: 10:20–11:40
Hora 6: 11:40–1:00
Hora 7: 1:00–2:20
Hora 8: 2:20–3:40
Hora 9: 3:40–5:00
Hora 10: 5:00–6:20
Hora 11: 6:20–7:40
Hora 12: 7:40–9:00

Ahora sume los planetas en el orden caldeo a su carta. La primera hora del día es el planeta del día. Por ejemplo, la hora 9:00–9:40 es la hora del Sol el domingo, la hora de la Luna el lunes, la hora de Marte el martes y así sucesivamente. Digamos que calculamos las horas planetarias para el día domingo:

Horas del día:

Hora 1: 9:00–9:40	Sol
Hora 2: 9:40–10:20	Venus
Hora 3: 10:20–11:00	Mercurio
Hora 4: 11:00–11:40	Luna
Hora 5: 11:40–12:20	Saturno
Hora 6: 12:20–1:00	Júpiter
Hora 7: 1:00–1:40	Marte

Hora 8: 1:40–2:20	Sol
Hora 9: 2:20–3:00	Venus
Hora 10: 3:00–3:40	Mercurio
Hora 11: 3:40–4:20	Luna
Hora 12: 4:20–5:00	Saturno

Horas de la noche:

Hora 1: 5:00–6:20	Júpiter
Hora 2: 6:20–7:40	Marte
Hora 3: 7:40–9:00	Sol
Hora 4: 9:00–10:20	Venus
Hora 5: 10:20–11:40	Mercurio
Hora 6: 11:40–1:00	Luna
Hora 7: 1:00–2:20	Saturno
Hora 8: 2:20–3:40	Júpiter
Hora 9: 3:40–5:00	Marte
Hora 10: 5:00–6:20	Sol
Hora 11: 6:20–7:40	Venus
Hora 12: 7:40–9:00	Mercurio

Como usted puede ver, el siguiente planeta en la serie sería la Luna, la primera hora del lunes.

Este es un cálculo muy fácil de hacer. Si quiere hacerlo usted mismo, siempre podrá resolver las horas planetarias si tiene el alba, el ocaso y un lápiz y papel. Por esta razón recomiendo realizar el ejercicio por lo menos una vez. Dicho esto, si tiene un computador, existen programas baratos o gratis que harán el cálculo por usted. Además, una búsqueda en Internet sobre "cálculo de hora planetaria" hará aparecer cualquier número de sitios web que harán lo mismo —simplemente ingrese la hora de la salida del Sol y de su puesta, escoja el día y obtenga el resultado—.

Conocer los planetas de las horas y los días agrega poder a sus trabajos planetarios. Puede hacer un trabajo de la Luna el lunes. Si desea hacer un trabajo lunar y no puede esperar hasta el lunes, puede calcular las horas planetarias y hacerlo en la hora de la Luna. Si realiza un trabajo para mejorar su capacidad para recordar los sueños sería un trabajo de aumento, y la hora más poderosa para hacerlo es durante el cuarto creciente, un lunes a la hora de la Luna.

Hasta aquí hemos considerado los ciclos del día, de la semana y del mes. También existe el gran ciclo del año. La ronda del tiempo grafica la interacción de la tierra y del Sol. La primavera trae horas de día más largas y un calentamiento general de la tierra. Las plantas crecen y los animales (incluidos los humanos) procrean. En el verano las flores irrumpen. En el otoño, las plantas desarrollan las frutas y semillas, las cuales son cosechadas por los animales. En el invierno, las plantas vuelven a morir y algunos animales hibernan. Este es el tiempo para el sacrificio del rebaño, cuando los animales más jóvenes, más viejos, más enfermos y más débiles mueren.

De igual manera en que nos alineamos con la energía diaria del Sol, podemos alinearnos con la energía de la estación. En la primavera, podemos notar los proyectos que deseamos iniciar y plantar las semillas para manifestarlas. En el verano, utilizamos el poder de la estación para alimentar energía nuestros proyectos. En el otoño, realizamos la cosecha de nuestros esfuerzos y ponemos atención a lo que queremos remover de nuestras vidas. El invierno, como la noche, es un tiempo para la introspección, el sueño y la planeación para el año que viene.

La jardinería suministra una excelente demostración de estos principios. Si es jardinero, incluso si sólo cultiva unas pocas hierbas en una jardinera, descubrirá que el concepto de cuatro estaciones es un concepto amplio.

En el Noroeste en donde yo viví, el verano es dos estaciones: el verano temprano, cuando la tierra está cálida, pero todavía tenemos mucha lluvia; y el verano tardío, cuando el Sol alumbra muy brillantemente durante cerca de seis semanas. El verano temprano trae un poco más de chaparrones de lluvia, pero la temperatura permanece bastante cálida y todavía hay una cantidad considerable de Sol. Después, en el verano tardío, los días se vuelven más oscuros repentinamente y la lluvia se instala para el invierno.

Las personas responden al pasaje del Sol a través del cielo y a la calidez del aire, justo como lo hacen otras cosas vivientes. Algunas personas experimentan depresión durante el invierno, la cual puede ser aliviada pasando unas pocas horas al día enfrente de un panel de luces. La mayoría de las personas disfrutan el verano, cuando el aire es cálido y podemos quitarnos nuestra ropa y jugar.

NOTAR LAS ESTACIONES

Para el siguiente año, haga entradas de diario sobre los solsticios y los equinoccios —aproximadamente marzo 21, junio 21, septiembre 21 y diciembre 21—. Registre la temperatura, el tiempo de salida del Sol y de su puesta y el clima. ¿Qué llevaba usted puesto? ¿Cómo se estaba sintiendo?

Ofrezca un saludo al Sol: "Te saludo, Oh Sol, en tu pasaje por el año".

En primavera diga: "Que tu renovación traiga gozo fresco hacia mi vida".

En el verano diga: "Que tu fortaleza brinde poder a mi vida".

En el otoño diga: "Que tu descanso traiga purificación a mi vida".

En el invierno diga: "¡Que regrese la luz!".

Casi todas las culturas humanas celebran el regreso del Sol en el solsticio de invierno. Navidad, Hanukkah (celebración judía) y la fiesta pagana de Yule cae en días de uno y de otro entre sí.

En este capítulo hemos aprendido acerca de la asociación de los planetas con los días y las horas y los ciclos de la Luna y del Sol. Enseguida examinaremos los procesos que hacen el trabajo ritual mágico.

Procesos mágicos

Hemos hablado acerca de la energía del cuerpo y de la energía del lugar. Hemos examinado los ciclos de energía generados por el sol, la luna y los planetas y cómo alinear su energía mágica con ellos. Ahora es tiempo de mirar hacia los procesos que utilizamos para hacer que la magia suceda. ¿Cómo funciona realmente todo este asunto de la magia? Existen unas pocas reglas del dedo gordo que utilizan los magos, recogidas de milenios de observación y experiencia.

Leyes de Frazer

Sir James Frazer resumió las leyes de la magia conocidas como las *Leyes de Frazer* en su obra maestra *The Golden Bough*. Él reconoció dos leyes básicas de la magia: la ley de la similitud (una clase produce lo mismo) y la ley de contagio (las cosas que han estado en contacto entre sí, continúan afectándose entre sí); vea el ritual de Encontrar un Hogar en donde encontrará un ejemplo de cada una. Él también utilizó el término *magia homeopática* para describir la ley de la similitud y definió la ley de contagio y la ley de la similitud como *magia simpática*.

Magia de polaridad

La magia de polaridad opera basada en el principio de que las energías mágicas existen entre dos polos: masculino y femenino, el sol y la luna, el día y la noche. Algunas veces las polaridades son establecidas en rejillas de energías equivalentes:

Masculino	Femenino
Sol	Luna
Día	Noche

El principio mágico es que una vez hemos definido nuestros polos, incluyendo los dos en el ritual, esto hace que ocurra una energía mágica entre los dos polos. Un hombre y una mujer automáticamente generan energía; el sol y la luna automáticamente establecen una vibración entre ellos. En la práctica, masculino y femenino son los polos que se utilizan con más frecuencia, adicionando la implicación de la energía heterosexual a la polaridad.

Me atrevo a decir que existen muchos pioneros, incluyéndome, quienes han estado explorando nuevas formas de ver la magia de la polaridad que incluya compañeros del mismo sexo: joven y viejo, blanco y rojo o simplemente hombre y hombre, mujer y mujer. Algunos facultativos de la magia también entienden que una persona no necesita ser biológicamente masculino para canalizar la energía masculina y esos hombres pueden actuar como lo harían las sacerdotisas en los ritos mágicos. Sin embargo, debemos ser conscientes del favoritismo histórico hacia la heterosexualidad biológica en los trabajos de polaridad.

Synthema

Synthema era el término utilizado en los tiempos helenísticos para describir objetos que tenían poderes de los planetas asegurados dentro de ellos. Hoy reconocemos colores, piedras, plantas, animales y otros objetos como contenedores de la energía de los planetas. Los helenos reunían un número de objetos que contenían la energía del mismo planeta, esperando recoger un tipo de masa crítica de esa fuerza planetaria o *synthema*. Nosotros utilizamos estos principios para crear trabajos planetarios hoy en día. Por ejemplo, si estoy haciendo un trabajo del sol, podría montar un altar, cubrirlo con una tela amarilla, colocar seis velas amarillas, incienso de ámbar ligero y usar una joya de oro.

Retorno de la energía

Estas reglas del dedo gordo afectan la construcción del ritual mágico. Algunas observaciones tienen que ver con lo que le sucede a la energía una vez que ésta es enviada. El tipo de energía que enviamos hacia dentro del mundo afecta la clase de energía que obtenemos de regreso. Lo que va alrededor, viene a nuestro alrededor. Algunos magos sostienen que usted recibe una medida igual de la energía que envía. Algunas personas, notablemente Wiccans, creen que cualquier energía que enviamos, nos regresa triplicada, magnificada por el acto mágico.

La palabra hindú *karma* se ha metido sigilosamente en el lenguaje mágico. El uso hindú de esta palabra es religioso y específico y no siempre es bien entendido por los no hindúes. El significado que ha tomado en Occidente es que cualquier obra que hagamos en esta vida, nos afectará en la próxima vida. Esto también puede significar que las obras que hagamos en esta vida, establecerán una vibración de energía que nos afectará en esta vida.

Mi experiencia es que la energía que yo envío, sí regresa a mí. Algunas veces retorna con el resultado que yo especifiqué. Algunas veces parece desaparecer y no regresa durante años y entonces, cuando lo hace, se manifiesta con un estruendo. Algunas veces regresa a mí extrañamente —ha pasado a través de algún tipo de corrupción y se ha convertido en algo que casi no reconocía—. Poner atención a las variables de una operación mágica, a la sincronización y al estado de intención me ha ayudado a identificar los factores que generarán trabajos exitosos para mí.

Adivinación

Todos los rituales generan patrones de energía que pueden ser detectados antes y después del evento. Antes de realizar el ritual, éste existe como una de las muchas posibilidades de acciones que podemos tomar. Después de hacer el ritual, su energía sale e ingresa al mundo.

Antes de realizar un ritual, en especial alguno con intenciones realizar un gran cambio en su vida, es importante tratar de obtener una idea de cuál será el resultado probable. Esto es posible a través de una adivinación acerca de la operación. De forma similar, después de terminar el ritual, podemos hacer una adivinación para averiguar hacia dónde se fue la energía.

Existen muchos métodos de adivinación, incluyendo la adivinación en el agua, lecturas I Ching y bibliomancia (abrir un libro y leer el primer pasaje que vea). Aquí no tenemos el espacio aquí para cubrir la adivinación en detalle; existen muchos libros que abarcan este tema. Sin embargo, veremos brevemente la forma de adivinación más popular: el Tarot.

El Tarot es una baraja de cartas que contienen cuatro palos y cuatro figuras, llamado el *arcano menor*. A diferencia de otras barajas, el Tarot también contiene un conjunto de veintidós cartas llamadas el *arcano mayor*, el cual presenta imágenes que representan virtudes, fuerzas y experiencias. Templanza, Fortaleza y Justicia son las virtudes. El Mago, la Emperatriz y la Alta Sacerdotisa son las fuerzas. El Ahorcado, la Torre y los Amantes son las experiencias. Algunas interpretaciones del arcano mayor dicen que las cartas cuentan una historia acerca del viaje de una persona a través de estados y experiencias sucesivas —desde la marcada inocencia del Tonto, a través del entrenamiento del Mago, las experiencias formativas iniciatorias como el Ahorcado, adversidad como la Torre, hasta la realización del Mundo—.

Una de las barajas más populares, especialmente para las personas que están empezando a utilizar el Tarot, es la llamada baraja Rider-Waite. Esta fue la primera baraja que ofreció imágenes para todos los palos de las cartas, así como para las figuras y para el arcano mayor, lo cual simplificó la tarea de su interpretación. La baraja fue diseñada por Arthur Edgard Waite y dibujada por Pamela Colman Smith. Está disponible en U.S. Games en diferentes versiones, incluyendo una variedad de bolsillo del tamaño de un dedal. Éste viene con un folleto que explica el significado de las cartas.

Existen muchísimas barajas disponibles en U.S. Games y otras compañías. Algunas son simples y algunas son muy complicadas. Si prefiere obtener una baraja de Tarot para utilizarla en operaciones de adivinación, puede mirar varias y escoger la que parezca que se adapte mejor a su temperamento. A medida que utilice las cartas, muy seguramente encontrará que dejará atrás su primera baraja y la cambiará por una baraja más complicada o se expandirá para reunir varias y utilizarlas en diferentes momentos.

CONOCIENDO SU BARAJA

Saque la baraja de su caja. Extienda el arcano mayor sobre el piso, desde el Tonto hasta el Mundo/Universo. Mire cada carta en orden. ¿Ve alguna historia en las cartas?

Extienda el arcano menor un palo por vez. Mire todas las cartas desde el As hasta el Rey. Mire las copas, espadas y bastos. ¿Ve un tema en cada uno de los palos?

Una observación acerca del manejo de las cartas del Tarot: tradicionalmente se considera que son muy sensibles al tacto. Los serios lectores manejan sus cartas muy minuciosamente. Es mejor comprar una baraja flexible y envuelta —esto es, una que nadie haya tocado—. La mayoría de almacenes ofrecen una baraja para que la vea y le venden una baraja que no ha sido abierta. Usted casi nunca verá barajas del Tarot ofrecidas de segunda mano y éstas son utilizadas para propósitos de investigación y no para lecturas. La baraja permanecerá limpia y energéticamente estable si la mantiene envuelta en una tela —una tela aislada energéticamente tal como seda, lana o lino—.

HACIENDO UNA LECTURA PARA UN RITUAL

Saque sus cartas de su tela. Puede hacer la lectura sobre la tela si lo desea. Baraje las cartas, pensando en la pregunta que desea sea respondida: "¿Cuál será el resultado de este ritual?" Corte la baraja y extienda tres cartas. Busque el significado de las cartas en sus guías adjuntas.

Usted puede hacer esta lectura con una sola carta. Utilizar tres cartas le da la oportunidad para hablar acerca de más de una fuerza involucrada en el ritual. Usualmente la relación de las tres cartas es muy clara. Por ejemplo, si está haciendo un ritual para atraer el amor, podría sacar el As de Copas (la fuerza del amor), el Dos de Copas (amor compartido con otro) y los Amantes (la fuerza cósmica de unión y atracción), indicando que es probable que el ritual sea muy exitoso. Puede sacar una carta de espadas, indicando algún conflicto en usted mismo acerca del ritual. También podría sacar una carta del arcano mayor indicando que fuerzas externas a usted mismo están afectando la lectura.

Cada baraja viene con un folleto pequeño que interpreta el significado de las cartas. Muchos tienen también libros acompañantes que explican la baraja en más detalle. Las mismas cartas en diferentes barajas pueden significar cosas diferentes. Por ejemplo, el Siete de Espadas en la baraja Motherpeace tiene un significado diferente que el del Siete de Espadas en la baraja Thoth. Es importante conocer cada baraja individualmente, así como el Tarot en general. Sus propias interpretaciones basadas en su experiencia con las cartas siempre es la mejor fuente de información.

La pirámide

La pirámide mágica está compuesta por cuatro lados: conocimiento, voluntad, valor y silencio. Estas cualidades se refieren al carácter del mago que realiza el ritual. Estas son las cualidades intangibles esenciales para realizar un trabajo de rito mágico.

La *voluntad* es una palabra escogida cuidadosamente. Para un ritual a trabajar, no es suficiente desear o desear vagamente, o estar listo para aceptar el resultado —debe requerir apasionadamente que el ritual funcione—. La voluntad también significa traer la disciplina al rito que hará que éste suceda: hacer ejercicios mágicos para aumentar la habilidad, aprender procesos mágicos y reunir las materias primas.

Conocimiento significa visualización (ser capaz de imaginar el resultado), creatividad (generar muchas ideas para realizar el trabajo de rito) y entendimiento.

Valor significa que usted tiene confianza en sí mismo y en su trabajo.

Silencio significa no hablar a las personas acerca de la magia en progreso. Si usted ha hecho un ritual para obtener un empleo, no presuma acerca de esto con sus amigos —ni siquiera lo mencione hasta que obtenga un empleo y el ritual haya sido exitoso—. Sólo entonces podrá hablar a otros acerca de ello. Una razón para esto es que hablar acerca de la magia tiene una tendencia a disipar su energía —ésta se dirige a la conversación en lugar de hacer que se obtenga el resultado—. Otra razón es que las personas a las que les cuente pueden cortar su fe en el rito. "La economía está muy mal, ¿cómo es que un ritual va a contrarrestar eso?" El silencio le da al ritual el espacio y el tiempo que necesita para generar sus resultados.

En este capítulo hemos aprendido algunos de los procesos involucrados en la elaboración de trabajos rituales. Enseguida averiguaremos cómo obtener del ritual los resultados que deseamos.

Resultados del ritual

El primer paso al hacer un ritual es entender por qué se está haciendo. Hasta ahora todos los ejercicios en este libro podrían ser hechos para practicar, aunque cada uno tiene también un resultado positivo. Ahora trabajaremos con los rituales diseñados para un propósito mágico específico.

Declaración de intención

Cuando hacemos un ritual, debemos determinar el resultado deseado —la dirección específica en la que se desea enviar la energía del rito—. Es más efectivo enmarcar ese resultado en una declaración de intención, la cual es pronunciada durante el rito. Éste es el corazón de la realización de la magia ritual.

Hemos hablado acerca de las tres reglas para escribir afirmaciones:

- Utilice el presente simple.

- Establezca el resultado positivo, no el negativo.

- Especifique el qué, no el cómo.

Estas reglas también se aplican para crear una declaración de intención. En general, es mejor limitarse a una sola línea. Si usted no puede decir lo que desea hacer en una oración, entonces quizás necesita pensar acerca de lo que está tratando de hacer. Especialmente al principio, tendrá mayor éxito si lo mantiene simple y trabaja por un resultado a la vez. Más adelante, cuando haya hecho algunos rituales simples, puede trabajar en más de un resultado con la misma energía ritual.

Una vez que haya decidido sobre el propósito del ritual y lo haya formado en una sola oración, es una buena idea escribirlo en una hoja de papel de forma que pueda leerlo durante el ritual. Al comienzo existen muchas cosas para hacerle seguimiento a medida que se realiza el ritual. Si escribe la declaración de intención, no tendrá que recordarla y podrá leerla en el momento apropiado.

Además, escribir la declaración de intención por adelantado le permite tomarse su tiempo para entender exactamente lo que desea decir.

Tipos de resultados

Las razones más populares para realizar rituales caen en cuatro categorías básicas: manifestación de prosperidad, relaciones, salud y mejoramiento espiritual.

La manifestación de prosperidad tiene que ver con la riqueza material. Muchos rituales incluyen obtener un empleo nuevo o mejor. Podría necesitar más dinero o algo específico, como un auto. Todos necesitamos un lugar para vivir, así que encontrar un sitio para arrendar o cerrar el negocio de venta de una casa también está en la lista.

La regla básica acerca de la manifestación de prosperidad es que usted debe seguir su magia con acción física. Si hace un ritual para obtener un nuevo empleo y nunca lee el periódico o pregunta a sus amigos quién está contratando, ¡muy probablemente no tendrá éxito! La magia no es un sustituto para la acción en el mundo. Ésta suplementa nuestros esfuerzos adicionando energía y conduciendo nuestra energía en la dirección más adecuada para que sea exitosa.

Algunas veces la magia hace que sucedan las cosas que realmente necesitamos que ocurran enseguida, como un influjo de efectivo para pagar una cuenta inesperada o un negocio de un auto realmente bueno. Sin embargo, si usted se encuentra a sí mismo utilizando la magia de emergencia de manera frecuente, eso es una señal de que usted necesita reevaluar la manera en que está viviendo su vida. ¿Necesita ganar más dinero? Talvez necesita un mejor empleo. ¿O es simplemente que necesita aprender a presupuestar el dinero que ya tiene? Los presupuestos definitivamente no son divertidos, ¡pero son herramientas que nos permiten obtener lo que deseamos!

Este principio también se cumple para las relaciones. Si realiza un ritual para encontrar un amante o para conseguir amigos y después usted no socializa, el ritual no tiene ninguna oportunidad de funcionar. ¡Arroje la energía dentro del mundo y después sígala! Ponga una ayuda personal, ingrese a un club, tome una clase e incluso pásese por un bar.

Ya hemos dedicado algún tiempo hablando sobre la salud y cómo mantenerla. Incluso la persona más saludable tropieza de vez en cuando con un virus que lo afecta durante una semana, o puede romperse un hueso. Estos son problemas de salud agudos y no repetitivos. En nuestros tiempos también existen un número de enfermedades que son crónicas e incurables, algunas de las cuales son fatales y otras no. La magia puede ayudar a curar un problema agudo y a estabilizar uno crónico. La magia es beneficiosa para suministrar un influjo de energía para mantener los cuerpos activos.

Existe toda una categoría de resultados mágicos que pueden ser denominados espirituales. Usted podría encontrar en algún punto en su vida una necesidad de reevaluar lo que está haciendo. Talvez está en el empleo equivocado, el matrimonio equivocado o quizás sólo necesita poner atención a partes de usted mismo que ha estado descuidando. Puede enfocar su magia hacia el comienzo de un nuevo esfuerzo.

También podría sentir la necesidad de explorar una religión, de celebrar pasajes de la vida o de conectarse con un sentido de propósito más profundo. Un ritual mágico le puede ayudar a buscar de una nueva senda espiritual.

Llegando al futuro

Llegando al futuro es un término que viene de la Programación Neuro-Lingüística. Ahora que sabe lo que quiere, imagine que lo ha conseguido. ¿Cómo se ve su vida? ¿Cómo se siente? ¿Qué piensa sobre su vida ahora que ha ocurrido el ritual? Visualícese caminando a través de su día y sienta las sensaciones que tiene.

¿Mejoró su vida a causa del ritual? ¿Existe una consecuencia no deseada que no le gusta? Si su paso al futuro le causa un efecto secundario que desea evitar, regrese a su declaración de intención y establézcalo nuevamente. Lleve al futuro el resultado otra vez. Continúe el proceso hasta que se imagine a sí mismo feliz con el resultado de su ritual.

Existe una perogrullada mágica: "Sea cuidadoso con lo que solicita —podría conseguirlo—". Esto es para señalar el riesgo de que el resultado por el que está trabajando pudiera tener efectos secundarios no deseados. Si hace un ritual para ser bonita ante todo el que la mira, ¡descubrirá que existen personas que desea que no la miren! Llegar al futuro le ayuda a captar esos efectos secundarios y a prevenirlos antes de que sucedan y le ayuda a dar forma a su declaración de intención para obtener exactamente lo que desea.

Ten fe en el rito

Una vez el ritual está completo, actúe como si el rito hubiese sido exitoso. Si piensa que cometió un error durante el rito, puede anotarlo en su diario. Sin embargo, no se inquiete por eso ("¡Oh, olvidé llamar el cuarto de agua! ¡Estoy seguro de que no funcionará!"). Y trate de no observar ansiosamente el mundo buscando señales de éxito como un niño esperando un paquete en el correo ("¿Ya llegó?"). Lo mejor que se puede hacer ahora es ir por la vida calmadamente, seguro y sabiendo que el resultado del ritual está en proceso de manifestación. Confíe en su magia.

Hay un aprendizaje que se establece cuando usted hace esto. A medida que obtiene más éxito con los rituales, más se acostumbra a hacer un ritual y a alejarse estando más seguro. La magia se convierte cada vez más en una parte de la forma en que vive su vida.

Evaluando los resultados

Cuando haya realizado el ritual y registrado lo que ha hecho, dé a éste algún tiempo para que funcione. La cantidad de tiempo variará dependiendo de la magnitud y complejidad del resultado hacia el que está trabajando. Un ritual para dinero rápido dará resultados en unos pocos días; un nuevo empleo o una nueva relación tomarán más tiempo.

En algún punto se hará claro que el ritual ha o no funcionado. Si obtiene algún resultado, registre también eso en su diario. Es muy útil regresar a sus rituales anteriores y notar los éxitos. Si el ritual no trajo el resultado esperado, regrese y examine sus notas acerca del rito. ¿Formuló claramente su declaración de intención? ¿Fue muy específico? ("Deseo una relación con una pareja pelirroja de 1,90 m de estatura y medidas 90-60-90"). ¿No fue lo suficientemente específico? ("Quiero una relación"). Una declaración de intención excesivamente detallada tiene una oportunidad reducida de éxito, mientras que una intención excesivamente general es peligrosa, debido a que deja mucho espacio para la interpretación. ¿Realmente quiso decir adoptar un animal de zoológico o terminar en *Big Brothers and Sisters*, o quería una relación *romántica*?

Otra cosa a examinar son las correspondencias. ¿Utilizó los atributos de la Luna para el ritual de su nueva relación? Todo parecía tan maravilloso, justo como un sueño y entonces súbitamente esto se acabó y la relación se acabó. Usted estará mejor económicamente utilizando a Venus o incluso el Sol para trabajar en una relación que durará mucho tiempo. Sin embargo, si está interesado en una aventura, ¡la Luna puede ser justamente lo que necesita!

Si todavía no entiende por qué el ritual no funcionó, puede acudir a la adivinación. Haga una lectura del Tarot con la pregunta, "¿Por qué falló mi ritual al darme lo que pedí en mi declaración de intención?" Saque tres cartas. Esto debe darle una nueva perspectiva y algunas ideas acerca de las nuevas direcciones hacia las que debe ir. Talvez usted hizo un ritual para una relación cuando lo que realmente ocupa su mente es encontrar un nuevo empleo. Ocúpese primero del empleo y luego puede relajarse y contemplar el amor.

También pudo ser que está presionando demasiado. Ha querido esta cosa por mucho tiempo, está frustrado y parece que no sucede nada. Puede estancarse en un lugar en donde está empujando energía a la frustración en lugar de hacerlo al resultado intencionado de su ritual. Si ha estado haciendo un conjunto de trabajos y parece que no van hacia ningún lado, deje a un lado ese conjunto particular de rituales y trabaje en algo diferente. Comience con algo en lo que usted ya sea bueno. Si hace amigos fácilmente, haga un ritual para hacer nuevos amigos. Cuando tenga uno o dos éxitos en rituales, eso puede ayudar a calmarlo y a brindar confianza en su trabajo de ritual. Su actitud hacia el trabajo es la parte más importante del ritual; ¡espere éxito y lo obtendrá!

Atrévase a soñar

Muchos rituales se enfocan en los resultados prácticos, inmediatos. Usted necesita pagar una cuenta inesperada inmediatamente o necesita curarse a sí mismo o necesita un lugar para permanecer allí o un empleo. Los rituales también pueden funcionar para objetivos a largo plazo. Tómese un momento para pensar acerca de lo que realmente desea en su vida. No puede lograr lo que desea si no sabe qué es lo que desea.

Tómese un momento para soñar. Olvídese de lo que es práctico, de lo que piensa que podría ser capaz de conseguir, de lo que puede permitirse, de lo que sus padres aprobarían o de lo que pensó que deseaba cuando tenía cinco años de edad. Si pudiera ondear una varita mágica y tener cualquier cosa en el mundo, ¿Cuál sería? ¿En dónde viviría? ¿Qué empleo tendría? ¿Quiénes serían sus amigos? ¿Qué aventuras tendría?

Admitir a sí mismo lo que realmente desea es el primer paso para alcanzarlo. A medida que continúe pensando acerca de lo que desea hacer, se hace más claro lo que evita que lo haga y qué pasos necesita dar para que esto suceda. De vez en cuando, cuando obtenga un deseo gratis —como cuando ve una estrella fugaz— desee su sueño más descontrolado.

En este capítulo aprendimos cómo especificar el resultado del ritual. En el siguiente exploraremos la creación del espacio para el ritual.

Espacio y
herramientas rituales

Existen tres cosas que diferencian el mago ritual de alguien
que sólo proyecta hechizos. La primera es el conocimiento.
Los magos sabemos por qué hacemos lo que hacemos.
Conocemos las correspondencias, sabemos las fuentes de los
hechizos, entendemos el proceso detrás de la operación. La
segunda es la práctica. Los magos enfocan las operaciones
conscientemente, construyen habilidades con disciplina y
trabajan con la energía sistemáticamente. La tercera es el
lugar. Los magos crean un espacio ritual en el cual desarrollan las operaciones mágicas.

El círculo

Los magos han estado creando espacio ritual durante muchos miles de años. El espacio ritual es un tipo de espacio custodiado. Utilizamos las mismas técnicas tanto para crear espacio ritual como para custodiar el espacio donde vivimos. Sin embargo, la custodia de una casa es tanto permanente como, de alguna manera, permeable —las personas y las mascotas entran y salen de la casa—. Un círculo ritual es como un espacio hermético: está diseñado para mantener por completo afuera todas las demás energías y para mantener por completo adentro la energía que es invocada dentro de este por un período de tiempo limitado. Esta cámara sellada herméticamente permite al mago concentrar la energía y dirigirla a un propósito específico.

Un espacio ritual puede tener significado religioso. Muchas religiones paganas trabajan con el círculo mágico. Las tribus nativas americanas crean ruedas de medicina y los budistas crean mandalas. El espacio ritual puede incluir símbolos religiosos para invocar la energía de los espíritus o deidades o sólo la energía de la religión por sí misma para ayudar a crear el espacio.

Sin embargo, el espacio ritual no necesita tener un enfoque religioso particular. Los textos mágicos han descrito la creación de círculos durante muchos miles de años. Hoy, los magos ceremoniales se involucran con frecuencia en rituales con una base filosófica más que religiosa.

Mandala de espacio

Un espacio ritual define un modelo del mundo. Este es esencialmente un mundo en miniatura —una esfera o mandala—. Para crear esta estructura de energía, necesitamos un marco para sostenerla. El marco utilizado con más frecuencia por muchas culturas alrededor del mundo es definir los cuatro puntos cardinales: Norte, Sur, Este y Oeste.

Cada tradición mágica hace asociaciones particulares con los puntos. La más fundamental y la que es común a casi todos ellos es la asociación de punto y elemento. Los antiguos filósofos griegos describieron primero estos elementos como los bloques de construcción básicos del mundo. Esta idea de cuatro elementos viajó muy lejos alrededor del mundo. Hoy, podemos encontrar elementos en la religión hindú, así como también incluidos en la filosofía occidental. Las asociaciones son:

Este: aire

Sur: fuego

Oeste: agua

Norte: tierra

Esto no describe ningún lugar físico en particular. Por ejemplo, si usted vive en la costa oeste de los Estados Unidos, el Este todavía es la dirección mágica del aire, aunque en el mundo físico exista un océano en esa dirección. Estas asociaciones describen un espacio ideal, mítico.

Los símbolos utilizados en el ejercicio Viendo las Formas funcionan bien para representar los elementos de las direcciones: el diamante amarillo representa el aire y el Este, el triángulo rojo representa el fuego y el Sur, el círculo azul representa el agua y el Oeste y el cuadrado verde representa la tierra y el Norte.

Además de los cuatro cuartos, el mago puede llamar sobre el cielo arriba y la tierra abajo. El cielo está asociado con las lumbreras (el sol y la luna) y con las estrellas en la noche —el vasto espacio que se estira encima de nosotros—. El suelo es la tierra —no como un elemento, sino como el mundo dentro del cual vivimos, incluyendo todos los elementos—. El mago se pone de pie en el centro.

Herramientas rituales

Las herramientas utilizadas para los rituales en este libro son simples objetos caseros. Existen herramientas específicas que utilizan los magos ceremoniales para sus ritos, tales como un cuchillo ceremonial o una taza, o talismanes metálicos con imágenes inscritas. Aquí no necesitaremos ninguno de ellos para realizar las tareas. No existen requerimientos particulares acerca del tamaño, la forma o el color y no consagraremos las herramientas ni las marcaremos con signos.

Usted puede utilizar los artículos que ya posee para hacer cualquier magia en este libro. ¡Lo más importante es empezar ahora! Más adelante cuando el tiempo y el dinero lo permitan, puede equipar su cofre con herramientas mágicas.

Dicho esto, es preferible tener herramientas especiales que utilice solamente para los rituales. Esto mantiene la energía del objeto limpia, de forma que no tenga que purificarlo cada vez que haga un ritual. Un objeto también puede acumular energía mágica con el tiempo. Finalmente, si tiene herramientas separadas para hacer magia y las mantiene juntas en un lugar específico, ¡siempre sabrá dónde están cuando desee hacer un ritual!

Las herramientas listadas aquí son fácilmente disponibles y baratas, así que será muy fácil reunir el conjunto, sea que esté saqueando sus armarios o haciendo un viaje a la tienda.

Escoba

Es mejor comprar una escoba nueva. Si necesita usar una escoba que ya posee, limpie las pajas antes de utilizarla. Las escobas acumulan suciedad tanto física como psíquica que usted no desea llevar al interior de su ritual. Los artesanos también fabrican escobas especiales decorativas con mangos tallados y pajas de colores que son excelentes para este propósito.

Una vez haya comprado su escoba mágica, no la utilice para barrer los pisos y manténgala en un sitio separada de las demás escobas de uso diario. La escoba es utilizada para barrer nuestra energía negativa, limpiando un espacio que utilizará para un ritual y para ponerla atravesada en una puerta cuando desee protegerlo mágicamente.

Tazón

Muchos rituales requieren agua, lo cual significa tener un contenedor para conservar el agua. Nuevamente, puede utilizar cualquier tazón de su cocina. Sin embargo, es importante tener un tazón especial que utilice sólo para propósitos rituales. Este puede ser hecho de vidrio transparente, vidrio azul o de cerámica azul. Todos estos llevan la asociación del agua. Puede escoger cualquier otro color si lo desea —no hay una regla fija—. Sin embargo, especialmente si usted es nuevo en la magia, es bonito cuando sus herramientas refuerzan la asociación que está construyendo con el elemento.

El tazón es utilizado para purificar artículos, purificar el espacio ritual y para traer el elemento del agua en el ritual.

Quemador de incienso

El tipo de quemador de incienso o incensario que tenga depende del tipo de incienso que utilice. Si planea quemar carbón e incienso en polvo, querrá por lo menos un disco a prueba de fuego. Asegúrese de utilizar un aislante, bien sea en o bajo el plato. Yo utilizo un plato metálico hondo lleno de arena y lo coloco sobre una baldosa de cerámica. Cuando el rito está completo, el carbón generalmente todavía está ardiendo, así que coloco todo el plato en el lavaplatos hasta que el carbón esté frío.

Para la mayoría de los rituales, el incienso en barra o en cono es perfectamente aceptable. Me gusta coleccionar pequeños paquetes de incienso en barra de almacenes de regalos de la india —estos vienen en muchas y variadas esencias, de forma que puedo tener por lo menos un incienso en la mano para cada uno de los atributos planetarios—. Los quemadores de incienso en barra vienen en varios tipos. Algunas marcas de incienso realmente vienen con su propio quemador pequeño: una pequeña baldosa de cerámica en la cual usted inserta el incienso. También existe otro tipo, el cual es plano y delgado con una curva hacia arriba en el extremo. Usted coloca el incienso dentro de un agujero en el extremo curvo, de forma tal que éste queda suspendido sobre la sección plana. Éste tipo de quemador de incienso recibe la ceniza, lo cual hace fácil la limpieza.

De forma similar, existen muchos tipos de quemadores de incienso que sostienen conos. Yo tengo uno en el altar de mi casa, el cual tiene la forma de una pequeña casa —¡el humo sale por la chimenea!—. Este es grandioso para la protección de la casa y para los rituales de expansión.

El incienso consagra las herramientas mágicas y trae los elementos unidos de fuego y aire dentro del ritual.

Velas

Las velas votivas son muy baratas y también lo son los candelabros votivos. Usted necesitará por lo menos dos candelabros y una selección de velas de colores: blancas, negras, amarillas, rojas, azules y verdes, como mínimo. Si encuentra una colección realmente buena, también puede agregar anaranjada, plateada y dorada. Busque las anaranjadas y las negras el día de Halloween en particular.

Los conos requieren candelabros y vienen en tamaños muy diversos. Asegúrese de tener el tamaño de soporte que se adapta a su cono. Las velas de pilar usualmente se paran por sí solas y se consumen en el centro del pilar, formando su propio soporte. Usted puede utilizarlos si desea darle una carga especial a su ritual.

Algunas personas prefieren utilizar velas de cera de abeja por su esencia y por la calidad natural de la cera. Los apicultores venden con frecuencia las velas de cera de abeja en las ferias de artesanías y en los mercados campesinos. Estas vienen en conos y no son muy comunes como votivas o velas de té. Éstas pueden ser utilizadas además de las velas planetarias y elementales o en rituales que no involucren energías planetarias o elementales. A algunos magos les gusta utilizar una sola vela de cera de abejas en la parte posterior central del altar como símbolo de luz y para iluminación física.

Las velas de té usualmente son de color blanco. Éstas tienen la ventaja adicional de que vienen con sus propios candelabros. Son excelentes para utilizar si necesita muchas velas.

Las velas traen el elemento fuego a un ritual. El color de la vela puede invocar la energía de un elemento o de un planeta.

Pluma y papel

Los magos medievales ponían mucha más atención a la pluma y al papel de lo que lo hacemos ahora, en parte porque eran mucho más difíciles de conseguir. Si le gusta la sensación histórica de esto, puede utilizar una pluma de tinta para escribir su declaración de intención. Yo utilicé una cuando estaba empezando a hacer magia. Esto me ayudó a traer el sentido de seriedad a la aventura. También fue muy sucio, aunque, de esta manera eventualmente me cambiaba a las plumas de cartucho de tinta, las cuales utilizo todavía.

Usted puede utilizar cualquier papel que desee. Si puede conseguir un papel bonito, como lino o pergamino, se ve especialmente bien con tinta fluida. Si está haciendo un trabajo planetario o elemental, puede utilizar papel del color de la energía que está invocando. Sin embargo, el papel de un cuaderno rayado y un bolígrafo también funcionarán.

Marcadores de espacio

Usted podría decidir marcar visualmente su círculo. Yo he utilizado sal (tuve que limpiarla con la aspiradora), tiza (sucia para limpiarla), cinta (requiere mucho tiempo), hilo (un poco difícil de trabajar debido a que es muy delgado), y cuerda de algodón (un amigo me la enseñó recientemente y es mi material favorito). Encontré que la cuerda me responde más fácilmente después de que la lavo.

Altar y tela

Cualquier mesa portátil sirve para un altar. A menudo utilizo una mesa para televisión barata, la cubro con un tapete tejido de color brillante traída de México. También utilizo fieltro de la tienda de artesanías y trozos de tela de la tienda de tejidos.

Almacenaje de herramientas
y altar permanente

Necesitará un lugar para almacenar sus herramientas mágicas. Algunas personas utilizan cofres o cajas para almacenar sus artículos mágicos. Otros utilizan una unidad de librero de un solo puesto. Este tiene la ventaja adicional de que suministra un estante superior para un altar.

Además del altar temporal que instale para sus rituales, probablemente deseará eventualmente instalar un altar permanente. Éste es el lugar en donde mantiene los artículos que son utilizados actualmente en los rituales. Usted podría mantener su tazón y su quemador de incienso allí. Además, los artículos que son utilizados en una serie de rituales o que todavía llevan la energía de un ritual que está en el proceso de manifestación podrían terminar allí. Por ejemplo, puede colocar una vela para un propósito particular y encenderla muchas noches seguidas.

El altar permanente puede ser cualquier superficie. Mi altar actual es un solo librero empotrado en la pared. Usted puede colocar una vela de cera de abeja sobre éste, si lo desea. Cualquier artículo que usted sienta que es mágico, como una piedra o una flor, puede acabar allí. Solamente manténgalo limpio.

En este capítulo aprendió la forma de crear espacio ritual y de utilizar herramientas mágicas. El resto de este libro le suministra ejemplos de rituales que puede llevar a cabo.

Los rituales

En las siguientes páginas encontrará rituales que utilizan los poderes de los elementos y de los planetas, los procesos mágicos y la sincronización mágica para obtener resultados específicos en el mundo real. La primera sección es un esbozo del ritual, el cual nos ayudará a prepararnos para éste, para crear el círculo, realizar el trabajo y cerrar el rito. En donde el esbozo diga "Realice el trabajo" inserte las acciones de la sección "Acción del Ritual" en cada uno de los siguientes rituales.

Todos estos rituales están probados y son efectivos. Sin embargo, cualquier creatividad que pueda agregarle al rito lo mejorará. Experimente escribiendo sus propias palabras, cambie los elementos de los planetas y pruebe diferentes inciensos y aceites. Si ha hecho los ejercicios de este libro, tiene todo el conocimiento y las habilidades necesarias para reformar cada uno de estos ritos de manera que funcionen para usted o para crear sus propios rituales.

Cada ritual incluye una sugerencia tanto de una energía planetaria como de una energía elemental para trabajar con ellas para alcanzar el propósito del ritual. Puede utilizar el elemento o el planeta o puede elegir ambas energías. Si está utilizando una tela del altar, puede utilizarla blanca, de uno de los colores o de los dos colores —cubra la mitad del altar con la tela elemental y cubra la otra mitad con la tela planetaria—. Si desea puede utilizar otros planetas o elementos.

Ninguna de las posibles combinaciones de los atributos planetarios y elementales se repite. Sin embargo, no todas están representadas en esta colección de rituales. Usted es libre de experimentar con las combinaciones —tanto con las utilizadas aquí como las no representadas— para crear sus propios rituales.

Note que la tierra es tanto un elemento como un planeta. No existen combinaciones de elementos con el planeta tierra aquí. Sin embargo, siempre que la tierra aparezca en un ritual, hay una sugerencia para utilizar un incienso de tierra, así como un incienso para el planeta, para honrar su estatus híbrido y para traer una carga extra al rito.

Puede utilizar el color blanco en lugar de los colores planetarios. Puede reunir un conjunto de colores elementales —amarillo, rojo, azul y verde— y utilizarlos además del blanco para cubrir los colores planetarios, sustituyendo el blanco por la Luna (plateado) y por Saturno (negro). El espectro completo de los colores planetarios y elementales sería: verde (tierra y Venus), plateado (la Luna), anaranjado (Mercurio), amarillo (aire y el Sol), rojo (fuego y Marte), azul (agua y Júpiter) y negro (Saturno).

El esbozo del ritual

Prepárese para el ritual

Antes de crear un espacio ritual, debe hacer los preparativos para el ritual. Al igual que con cualquier empresa seria, si planea lo que desea hacer antes de que lo haga, tiene una oportunidad mucho más alta de tener éxito.

DEFINA EL PROPÓSITO

Escoja y defina el resultado que desea. Este libro contiene muchos ejemplos. El capítulo 13 comprende la forma de construir una declaración de intención para leer durante el ritual. Escríbala, preferiblemente en una sola oración.

FIJE EL TIEMPO

Escoja el día y la hora en la que hará el ritual. Puede hacer cualquier ritual a cualquier hora. Considere que los días y las horas armonicen con la energía planetaria y que la fase de la Luna pueda ser coordinada con el tipo de trabajo.

Escoja una hora en la que físicamente pueda realizar el ritual. También puede tomar en consideración la sincronización mágica del Sol, la Luna o los planetas. El Capítulo 11 los discute con detenimiento.

ESCOJA SU ENERGÍA

Decida sobre el tipo de energía elemental y planetaria que utilizará. Revise las correspondencias para este tipo de energía. El Capítulo 10 explora los colores, las plantas y los metales asociados con los planetas y los elementos.

HAGA UNA ADIVINACIÓN

Una vez haya establecido el propósito y escogido una hora, es una buena idea hacer una adivinación. El Capítulo 12 cubre la adivinación.

Si está utilizando el Tarot como su herramienta de adivinación, escoja su baraja, barájela mientras pregunta: "¿Cuál será el resultado de hacer este ritual?", y escoja una sola carta. Si la carta es desastrosa, saque dos cartas más para clarificar la respuesta. Si éstas continúan siendo negativas, cancele el rito. Si la carta le señala un problema, vaya de regreso a su declaración de intención y reescríbala para solucionar el problema, luego haga la adivinación de nuevo. Si la carta es favorable, puede colocarla sobre el altar para realizar el trabajo. También puede escoger una carta que represente el resultado que desea y colocarla sobre el altar.

PREPARACIONES FÍSICAS

Prepárese físicamente para el ritual. Escoja la habitación en donde realizará el ritual. Si tiene un espacio que es suyo, tal como una habitación o la sala, ese es el lugar más lógico para hacer el rito. Cualquier espacio servirá, siempre y cuando sea privado y usted se sienta bien con la energía que hay en el espacio. ¡No haga usted mismo un ritual en un espacio en el que tenga reparos simplemente porque está disponible para usted en el momento preciso! El mejor mago puede hacer magia en cualquier lugar con la energía correcta.

Es más efectivo realizar ritos mágicos en espacios que están físicamente limpios. Escoja algunos objetos que estén dispersos y aspire o trapee el piso. Además, asegúrese de que usted mismo esté físicamente limpio. ¿Tomó una ducha hace unas pocas horas o lo hizo la semana pasada? Si no tiene tiempo para una ducha, puede cepillar sus dientes y peinar su cabello.

Enseguida reúna los objetos que necesitará para el ritual. Esto incluye todas las herramientas que utilizará, tales como su escoba o un tazón de agua, velas (no olvide los fósforos), y documentos, incluyendo su declaración de intención, así como el esbozo del ritual y las palabras. Para rituales elaborados, puede hacer una lista de las cosas que necesitará y consultarla mientras está preparando el espacio.

DEFINA EL ESPACIO

A continuación, marque físicamente el espacio que estará utilizando. Puede utilizar una cuerda para hacer un círculo sobre el piso. También es una buena idea colocar objetos en los cuatro cuartos. Puede utilizar los afiches que hizo en el Capítulo 3 del diamante amarillo, el triángulo rojo, el círculo azul y el cuadrado verde. Una técnica muy popular es utilizar velas de colores o velas en contenedores de colores —¡esto tiene el práctico efecto secundario de aumentar la luz en el espacio!—.

INSTALE EL ALTAR

Coloque una mesa en el centro del espacio. Se ve bonito si cubre la mesa con una tela. Puede escoger una tela del color correspondiente con el planeta o elemento con el que va a trabajar. Coloque sobre la mesa todas las herramientas que va a utilizar en su ritual: velas, tazón de agua, incienso, aceite, su declaración de intención y cualquier herramienta especial que pueda utilizar.

Puede colocar su escoba cerca del altar y agregar velas de altar, las cuales suministrarán iluminación para ver mejor.

Crear espacio ritual

Encienda las velas del altar

CENTRALÍCESE

Párese en el centro del espacio de frente a la mesa. La mayoría de los magos dan la cara al Este, la dirección del Sol naciente y comienzan y terminan todas las acciones en el Oeste. Centralícese; haga el ejercicio de la Montaña o el ejercicio del Árbol y haga un ejercicio de respiración.

PURIFICACIÓN MÁGICA

Limpie el espacio energéticamente. Puede caminar en el sentido contrario al de las manecillas del reloj alrededor del círculo con una escoba o puede rociar agua en el espacio. Diga:

"Este espacio está limpio para el propósito de mi rito".

INVOCACIÓN DEL CUARTO

Ahora invoque los cuartos. De la cara a cada punto cardinal a su vez y diga una pequeña invocación. Si ha utilizado velas, puede encenderlas cuando diga la invocación.

"Recurro a los poderes del Este para proteger
este espacio mientras realizo este rito".

"Recurro a los poderes del Sur para proteger
este espacio mientras realizo este rito".

"Recurro a los poderes del Oeste para proteger
este espacio mientras realizo este rito".

"Recurro a los poderes del Norte para proteger
este espacio mientras realizo este rito".

Regrese al Este y diga:

"Recurro a los poderes del gran espacio de
arriba para proteger este espacio
mientras realizo este rito".

"Recurro a los poderes del mundo
de abajo para proteger este espacio
mientras realizo este rito".

CREE LA ESFERA

Parado en el centro del círculo, visualice y sienta una esfera
de luz blanca creciendo a su alrededor. Ésta comienza en un
punto bajo sus pies, fluye hacia arriba como una bola para
tocar los cuatro cuartos y fluye de regreso uniéndose de
nuevo hacia un punto encima de su cabeza. Diga:

"Encima de mí, debajo de mí,
a mí alrededor, la esfera me encierra
y me protege mientras realizo este rito mágico".

Realice el trabajo

Luego, llene el espacio con energía. Comience en el Este,
camine alrededor de la circunferencia del círculo. Puede
visualizar la luz blanca o encender el color de un planeta
si está invocando una energía planetaria. Diga:

> "Este círculo se llena con un torbellino de energía
> para lograr el propósito de este rito".

Ahora lea su declaración de propósito. Realice la acción del ritual que ha decidido hacer.

DESINSTALE EL ESPACIO RITUAL

Cuando haya terminado, dé la cara hacia cada uno de los cuartos a su vez —Este, Sur, Oeste, Norte— y diga:

> "Agradezco a los poderes del Este por proteger
> este espacio mientras realicé este rito".

> "Agradezco a los poderes del Sur por proteger
> este espacio mientras realicé este rito".

> "Agradezco a los poderes del Oeste por proteger
> este espacio mientras realicé este rito".

> "Agradezco a los poderes del Norte por proteger
> este espacio mientras realicé este rito".

Parado en el centro del círculo, visualice y sienta la esfera colapsándose desde el punto superior de su cabeza, abajo a través de los cuartos, hacia el punto debajo de sus pies. Diga:

> "Abajo, abajo, energía conectada a tierra".

LIMPIEZA

Guarde sus objetos físicos. Vierta el agua en la tierra. Apague el incienso y las velas. Guarde todas sus herramientas.

Entierre o queme todos los objetos que utilizó para limpiar la energía negativa.

Después del ritual

Registre el trabajo en su diario. Cuando haya pasado un tiempo suficiente, evalúe los efectos del ritual. Si es necesario, modifique el ritual y hágalo de nuevo.

Haga un esbozo para crear el espacio ritual

Defina el propósito

Fije el tiempo

Haga una adivinación

Limpie el espacio

Instale el altar

Invoque a los cuartos

Erija la esfera de energía

Establezca el propósito

Camine en círculo para crear un torbellino de energía (o utilice cualquier otra técnica generadora de energía con la que esté familiarizado)

Realice el trabajo

Agradezca a los cuartos

Conecte a tierra la esfera de la energía

Registre el trabajo

Evalúe los resultados

ENCUENTRE UN HOGAR

Necesita un lugar para vivir *ahora*. Se está mudando de casa por primera vez, no puede soportar a sus compañeros de habitación, su sótano se inunda y está cansado del moho —por cualquier razón no puede permanecer en este lugar un segundo más—. Este es el ritual para usted.

En cierta ocasión estaba viviendo en una casa de grupo (un lugar con muchos compañeros de habitación). El contrato por un año se había vencido y no lo íbamos a renovar. Teníamos un mes para encontrar un nuevo sitio. Tres de nosotros habíamos decidido continuar viviendo juntos. Hicimos el ejercicio del resultado deseado, instalamos el altar, y dijimos nuestra declaración de intención juntos. Entonces nos dimos a la tarea de conseguir casa. Cuando encontramos la casa perfecta, lo supimos inmediatamente. Competimos con otras quince personas por esa casa y la obtuvimos, incluso también nos mudamos en el tiempo indicado.

Podría ser que usted esté en el momento de su vida en el que desea dejar de pagar renta y comprar su propia casa. Este ritual también funcionará para ese propósito. Si está trabajando para comprar en lugar de rentar un lugar, dé al ritual un poco más de tiempo para que funcione.

Resultado deseado

Hágase a sí mismo las siguientes preguntas: ¿Cuánto puede gastar en un lugar para vivir? ¿Lo más importante es mantener el alquiler barato y ahorrar la mayor cantidad de dinero que pueda, o su presupuesto es un poco flexible?

¿Con quién va a vivir? ¿Prefiere vivir solo, intenta rentar cuartos separados o desea rentar parte de un espacio a alguien? ¿Está haciendo el ritual en nombre de toda la familia? Incluso si las personas con las que planea vivir no van a hacer el ritual con usted, es mejor discutir la declaración de intención con ellos, de manera que sus deseos no trabajen en contra del resultado del ritual.

¿Qué tan grande necesita que sea el espacio? ¿Existen algunas cualidades especiales que esté buscando —espacio para un jardín, un lugar cerca de la estación de buses o una gran vista—? He aquí los aspectos a cubrir en su declaración de intención:

- Cantidad que puede pagar por un sitio (barato, no muy costoso, moderado, razonable, no importa)
- Quién vivirá allí
- Tamaño del espacio y cualidades especiales

Por ejemplo:

"Yo vivo en una habitación silenciosa, barata,
con compañeros respetuosos y callados".

"Yo vivo en un apartamento no muy costoso cerca de la
estación de buses con una gran vista hacia un parque".

"Yo compro una casa espaciosa, de precio razonable con
habitaciones para todos y un patio seguro
para los niños".

"Yo vivo en un penthouse con una vista de la ciudad".

Detalles del ritual

Energía elemental: Tierra

Energía planetaria: Júpiter

Sincronización: domingo, jueves, cualquier hora de Júpiter,
cuarto creciente/Luna llena

Tela del altar: azul o verde

Velas: blanca, azul o verde

Incienso: pino y cedro o salvia

Herramientas especiales

Necesitará una pequeña representación de una casa. Puede
ser una pequeña casa de juguete, una casa que tome una
vela de té de forma que se vea como si estuviera encendida
desde adentro, o un quemador de incienso con la forma de
una casa. Ésta opera sobre la ley de similitud.

Si está empeñado en vivir en un vecindario en particular, recoja una roca o una palada de tierra del vecindario. Coloque la piedra o la tierra cerca o debajo de su casa modelo. Esto utiliza el proceso mágico del contagio.

Acción del ritual

Si tiene velas, enciéndalas. Para la tierra, encienda una blanca o verde y diga: "Invoco el poder de la tierra". Para Júpiter, encienda una blanca o azul y diga: "Invoco el poder de Júpiter".

Encienda el incienso de pino con la vela de la tierra. Encienda el incienso de cedro o de salvia con la vela de Júpiter. Sostenga el quemador de incienso o las barras de incienso en su mano, camine en el sentido de las manecillas del reloj una vez alrededor de su círculo, diciendo: "Este círculo se llena con un torbellino de energía para realizar este rito".

Lea su declaración de intención. Si su casa modelo tiene una vela o incienso, enciéndalo. Vaya a su espacio interior e imagínese atravesando la puerta de su hogar perfecto.

Seguimiento del ritual

Coloque la casa modelo en su altar permanente. Ahora haga el trámite normal: lea el papel, hable con un agente inmobiliario, haga todo lo necesario en el mundo real para conseguir su nueva casa.

Cuando se mude a su nuevo lugar, coloque su casa modelo sobre el altar de su casa, sobre el manto de la chimenea o en el alféizar de la cocina como un recordatorio de la magia que le trajo su casa a su vida. Puede incluir su casa modelo en la custodia y rituales de bendición de su casa.

CONSIGUE UN EMPLEO

Usted necesita un nuevo empleo; fue despedida del último, sólo se graduó del colegio, ha sido un ama de casa o simplemente está cansada de lo que ha estado haciendo y necesita un cambio. ¡Es hora de que ponga su magia a trabajar!

Resultado deseado

En vez de enfocarse en un empleo específico, como ama de llaves o gerente o probador de software, piense sobre lo que desea de un empleo.

Tiempo. ¿Qué horas desea? ¿Debe tener todos los días o cualquier hora sirve? ¿Desea un empleo de medio tiempo o de tiempo completo?

Dinero. ¿Cuánto dinero desea ganar?

Beneficios. ¿Qué tan importantes son los beneficios de salud y pensión para usted? ¿Es esto una prioridad más alta que el horario o el dinero?

Autonomía. ¿Desea un empleo en donde trabaje por sí solo, un empleo con otras personas en un grupo, uno en donde su gerente le ayude o un lugar en donde usted decida qué hacer cada día?

Otras necesidades. Algunas personas adoran viajar, mientras que otras nunca viajarían. Algunos empleos suministran un vehículo para conducir. Algunos empleos incluyen acceso a los servicios tales como cuidado dental o consejo legal.

Enumere cada uno de sus resultados deseados en orden de prioridad para generar su declaración de intención. Por ejemplo:

"Un empleo en el que se gana mucho dinero,
con mucha autonomía, buenos beneficios
y algo de viajes".

"Un empleo que rinda grandes beneficios,
solamente los fines de semana, trabajando
con un grupo y que ofrezca un salario decente".

Escriba un currículum mágico

Ponga su nombre y dirección en la parte superior, teléfono y dirección electrónica, si tiene una. Enseguida, ponga en negrilla la palabra Objetivo, pero en lugar de escribir las notas usuales aquí (como "estoy buscando un empleo en ventas con una oportunidad de progreso"), coloque su declaración de intención.

Ponga en negrilla la frase *Experiencia Laboral* y liste sus empleos durante los últimos cinco años, las fechas en que trabajó y su cargo. Allí, en lugar de escribir las descripciones usuales del empleo (como "dirección de proyectos" o "limpieza de habitaciones", escriba cómo fue el trabajo en términos de su experiencia personal. Por ejemplo, "Grandioso dinero, jefe terrible" o "Mucho tiempo disponible para mí pero poca remuneración económica".

Ahora ponga en negrilla la frase *Características del Empleo*. Utilice puntos con topos para listar sus mejores características. Por ejemplo:

- Leal con mis amigos
- Mantengo mi casa limpia
- Disfruto riéndome mucho

Pensar acerca de sus empleos en términos de lo que le han dado, en lugar de lo que usted le dio a su empleador, puede ayudar a revelar algunos patrones en el tipo de trabajo que usted prefiere o que desearía evitar en su próximo empleo. Esto también lo pone al frente de la situación —¡usted es quien tiene que ser complacido con su próxima asignación!—. Pensar en sus mejores características no en términos de lo que los empleadores valoran sino en términos de toda su vida ayuda a mantener su perspectiva de lo que es realmente importante.

Detalles del ritual

Energía elemental: fuego

Energías planetarias: Mercurio

Sincronización: miércoles, cualquier hora de Mercurio o Júpiter, cuarto creciente/luna nueva

Tela del altar: roja o anaranjada

Velas: blanca, roja o anaranjada

Incienso: lavanda o limón

Herramientas especiales

Puede utilizar agua con un chorro de jugo de limón en ésta como su agente purificador. También necesitará su currículum mágico.

Acción del ritual

Si tiene velas, enciéndalas. Para el fuego, encienda una vela blanca o roja y diga: "Invoco el poder del fuego". Para Mercurio, encienda una vela blanca o anaranjada y diga: "Invoco el poder de Mercurio".

Encienda el incienso de lavanda o de limón con la vela de Mercurio. Sosteniendo el quemador de incienso o las barras de incienso en su mano, camine en el sentido de las manecillas del reloj alrededor de su círculo, diciendo: "Este círculo se llena con un torbellino de energía para realizar este rito".

Lea su declaración de intención o el objetivo que está en su currículum mágico. Aplauda una vez y diga: "¡Está hecho!"

Seguimiento del ritual

Si hizo un currículum mágico, envíeselo a usted mismo por correo. Si puede, envíelo desde una oficina postal a cierta distancia de la suya. Cuando este regrese, colóquelo sobre su altar permanente o en un lugar en donde esté seguro y no sea leído por nadie más.

Ahora haga las cosas que haría normalmente en la búsqueda de un empleo: llame o escríbale a sus amigos y cuénteles que está buscando un empleo, lea los avisos de solicitudes de empleos, inscríbase en una oficina de empleo, envíe currículums por correo.

Si no ha recibido una respuesta u obtenido una entrevista laboral en una cantidad razonable de tiempo (¡déle por lo menos dos semanas!), examine primero su procedimiento. ¿Le ha dicho al mundo en el nivel físico que está buscando un empleo? Si ha enviado cinco currículums cada día, ha llamado por teléfono preguntando por los avisos, y ha tenido una entrevista en la agencia y todavía no tiene indicios, haga una adivinación para averiguar qué está bloqueando el ritual. ¿Es usted ambivalente en cuanto a regresar al trabajo? ¿Hay algo a lo que no ha puesto atención y que debería estar en su declaración de intención?

Si absolutamente debe conseguir un empleo, está haciendo todo lo que puede para encontrar uno y su problema solamente es una economía deprimida, puede verse obligado a cambiar los parámetros de la búsqueda de empleo. ¡Le encantaría obtener un empleo con grandiosas horas y beneficios, pero por ahora, simplemente necesita el cheque del pago! Recorte su resultado deseado a las necesidades básicas absolutas —por ejemplo, "Necesito un empleo seguro para pagar mis deudas"—. Cuando haya ajustado su declaración de intención, intente elevar el amperaje de su energía con el próximo rito.

¡CONSIGUE UN EMPLEO AHORA MISMO!

Este es un ritual de tierra. Puede ser realizado cualquier día, a cualquier hora, en cualquier luna. Sin embargo, es más efectivo durante el cuarto creciente y armonizará con la energía del rito anterior si lo realiza durante un domingo o un miércoles. En este rito utilizará la energía de todos los elementos.

Detalles del ritual

Energía elemental: tierra

Sincronización: cualquier día

Tela del altar: verde

Velas: blanca o verde

Incienso: pino

Herramientas especiales

Decore el altar con dinero, una copia de su carné del seguro social, y los avisos de solicitud de empleo del periódico. Tenga en el altar un plato de tierra, un tazón de agua y un abanico de mano.

Realice el rito

Lea su declaración de intención.

Recoja la tierra y espárzala alrededor del espacio. Diga: "¡Por los poderes de la tierra, este empleo se manifiesta ahora!" Tome el tazón y rocíe el agua alrededor del espacio. Diga: "¡Por los poderes del agua, este empleo se manifiesta ahora!" Encienda el incienso y agítelo alrededor del espacio. Diga: "¡Por los poderes del fuego, este empleo se manifiesta ahora!" Tome el abanico y agítelo alrededor del espacio. Diga: "¡Por los poderes del aire, este empleo se manifiesta ahora!" Abra los brazos y diga poderosamente "¡Por todos los poderes de los elementos, este trabajo se manifiesta ahora!".

Seguimiento del ritual

Cuando haya sido empleado temporalmente en su trabajo de emergencia, regrese al ritual del empleo y trabaje en la actualización de su cargo para el empleo de sus sueños.

APOYO DE SUS COLEGAS

Usted obtuvo el empleo de sus sueños. Ahora necesita el apoyo de las personas que le rodean para ayudarle a ponerse al tanto. La actitud de las personas que le rodean puede hacer o quebrar su experiencia de su empleo, llenando el sitio de trabajo de miseria, o haciendo del trabajo un lugar para estar feliz y divertido.

Resultado deseado

¿Qué clase de relación prefiere tener con sus compañeros de trabajo? ¿Desea un apoyo estrictamente profesional con poca charla? ¿Prefiere una atmósfera cálida y familiar? ¿Necesita que su gerente le apruebe el entrenamiento o las vacaciones? ¿Está esperando una fiesta de cumpleaños en el trabajo? Vea si puede condensar esto en una sola oración, tal como:

"Mis colegas me suministran instrucción
para mi desarrollo profesional".

"Mi gerente aprueba el entrenamiento
que yo necesito".

"Mis compañeros de trabajo son amistosos y
alegres y nos caemos bien unos a otros".

"Nuestras fiestas en la oficina son las mejores".

Detalles del ritual

Energía elemental: agua

Energía planetaria: Júpiter

Sincronización: Jueves, hora de Júpiter, cuarto creciente

Tela del altar: azul

Velas: blanca o azul

Incienso: cedro o salvia

Herramientas especiales

Si tiene una foto de sus compañeros de trabajo, puede ponerla sobre su altar por la ley de similitud. Cualquier otro objeto que tenga sobre sí el logotipo de la compañía también funcionará.

Acción del ritual

Si tiene velas, enciéndalas. Para el agua, encienda una vela blanca o azul y diga: "Yo invoco el poder del agua". Para Júpiter, encienda una vela blanca o azul y diga: "Yo invoco el poder de Júpiter".

Encienda el incienso de cedro o de salvia con la vela de Júpiter. También puede colocar una gota de aceite de cedro o de salvia en un tazón de agua para combinar los poderes de Júpiter y del agua en este rito. Puede sostener el quemador de incienso o las barras de incienso en su mano o puede sostener el tazón de agua y abanicar a través de este para llenar el espacio con la esencia. Camine en el sentido de las manecillas de reloj una vez alrededor de su círculo, diciendo: "Este círculo se llena con un torbellino de energía para realizar este rito".

Lea su declaración de intención. Entre a su espacio interior e imagine a sus colegas rodeándolo con sus sonrisas cálidas en sus caras. Imagine cómo se verá y qué sentirá cuando ellos le den el apoyo que usted necesita.

Seguimiento del ritual

Si ha hecho un trabajo con un propósito específico, como la aprobación de las vacaciones, siga el procedimiento solicitando las vacaciones. ¡Recuerde también tratar a sus compañeros de trabajo de la misma manera que usted desea ser tratado! Si necesita un mentor, encuentre a otros que puedan utilizar su conocimiento. Si le gusta que la gente sea amistosa, sonríales, averigüe sus fechas de cumpleaños y anótelas en un calendario o deje un plato de dulces para las personas que visiten su área de trabajo. En muy corto tiempo ganará una reputación como una persona colaboradora o amistosa, lo cual automáticamente hace que las personas se inclinen más a darle lo que necesita a cambio. ¡Recuerde que usted obtiene de regreso lo que reparte!

¡NECESITO DINERO AHORA!

Algo se ha presentado: el carro se varó, tuvo un viaje a la sala de emergencias, hay un grandioso concierto por el cual se muere por asistir. Lo que necesita es una ráfaga de efectivo para cubrir el gasto.

Resultado deseado

En este caso debe ser fácil escribir su declaración de intención: "¡Dinero inmediato para cubrir mi gasto!".

Detalles del ritual

Energía elemental: agua

Energía planetaria: Mercurio

Sincronización: cualquier hora

Tela del altar: azul o anaranjada

Velas: blanca, azul o anaranjada

Incienso: lavanda o limón

Herramientas especiales

Decore el altar con su chequera, su estado de cuenta bancaria y con dinero —la denominación más grande que tenga, junto con muchos billetes pequeños para la apariencia y sensación de prosperidad—.

Acción del ritual

Si tiene velas, enciéndalas. Para el agua, encienda una vela blanca o azul y diga: "Invoco el poder del agua". Para Mercurio, encienda una vela blanca o anaranjada y diga: "Invoco el poder de Mercurio".

Encienda el incienso de lavanda o de limón con la vela de Mercurio. Sosteniendo el quemador de incienso o las barras de incienso en su mano, camine en el sentido de las manecillas del reloj una vez alrededor de su círculo, diciendo: "Este círculo se llena con un torbellino de energía para realizar este rito".

Lea su declaración de intención. Entre a su espacio interior e imagine cómo se verá y cómo se sentirá cuando lleguen los fondos.

Seguimiento del ritual

Aléjese de este ritual y no piense en él. Actúe como si éste hubiera funcionado.

Esta es la clase de ritual que debe utilizar solamente muy de vez en cuando. Si se encuentra utilizándolo más de una o dos veces al año, probablemente necesita convertir en prosperidad su enfoque mágico del de vez en cuando.

PROSPERIDAD

Es difícil concentrarse en su aclaración espiritual cuando se está preocupado por pagar las cuentas o por tener lo suficiente para comer. El primer y mejor uso de la magia es ayudarnos a llevar vidas felices y libres de preocupación.

Resultado deseado

¿Qué es la prosperidad? ¿Significa tener mucho dinero? ¿O mucho tiempo? ¿Significa tener más de lo suficiente de todo o simplemente lo suficiente para vivir?

Todos tienen una definición diferente de prosperidad. Para mí, significa tener suficiente dinero para atender mis necesidades físicas, suficiente dinero para divertirme un poco y aún tener suficiente tiempo para realizar mi trabajo mágico personal.

Puede tomar algún tiempo llevar su vida al lugar a donde quiere que esté. Los rituales con resultados como la obtención de un empleo, la consecución de una casa o solucionar un influjo emergente de dinero son rituales que necesitan funcionar inmediatamente y es fácil decir si han dado resultado. Otros rituales son para ser hechos repetidamente durante largos períodos de tiempo y requieren de mucho tiempo para manifestarse.

Una forma de pensar acerca de la prosperidad es imaginarse a sí mismo cinco años más adelante. ¿En dónde estará, qué llevará puesto y dónde estará viviendo? Imagínese a sí mismo caminando a través de su día perfecto. Trate de condensar este día en una sola oración. Por ejemplo, "En mi día perfecto dentro de cinco años yo vivo en mi propia casa, con mi mejor amigo y amante, poseo mi propio negocio y planeo mis vacaciones en Europa".

También determine un objetivo a corto plazo. ¿Qué es lo que más desea en su vida ahora mismo? ¿Simplemente necesita más dinero? ¿Le gustaría tener más tiempo para usted? ¿Desea un lugar para escribir o para pintar o para hacer su trabajo creativo? ¿Le gustaría un equipo para un pasatiempo? ¿Sería más feliz teniendo muebles nuevos para su habitación o una cocina nueva para su casa? Condense también esto en una sola oración.

Haga una rueda de la fortuna para la prosperidad a corto plazo. Dibuje un círculo en un trozo de papel y divídalo en secciones. En cada sección haga un dibujo, pegue uno que haya recortado de una revista o escriba una frase muy corta describiendo su objetivo de prosperidad. Por ejemplo, puede escribir las palabras "buena cuenta de ahorros", pegue una foto de un sofá nuevo o pegue un aviso para un viaje a Europa. En la parte superior de la página, escriba una fecha, tal como tres meses a partir de ahora.

Detalles del ritual

Energía elemental: tierra

Energía planetaria: Júpiter

Sincronización: jueves, cualquier hora de Júpiter, cuarto creciente/luna llena

Tela del altar: verde o azul

Velas: blanca, verde o azul

Incienso: pino, cedro

Herramientas especiales

Coloque sobre su altar su rueda de la fortuna y sus dos declaraciones de intención. Escoja una sola vela de pilar de un color que usted asocie con la prosperidad, preferiblemente verde, blanca o azul. Escriba prosperidad en la vela con un bolígrafo viejo.

Acción del ritual

Si tiene velas, enciéndalas. Para la tierra, encienda una vela blanca o verde y diga: "Invoco el poder de la tierra". Para Júpiter, encienda una vela blanca o azul y diga: "Invoco el poder de Júpiter".

Encienda el incienso de pino con la vela de la tierra. Encienda el incienso con la vela de Júpiter. Sosteniendo el quemador de incienso o las barras de incienso en su mano, camine en el sentido de las manecillas del reloj una vez alrededor de su círculo, diciendo: "Este círculo se llena con un torbellino de energía para realizar este rito".

Encienda la vela de la prosperidad. Lea en voz alta su declaración de intención inmediata y su declaración de intención a largo plazo. Mire la rueda de la fortuna y diga: "¡Mi fortuna se manifiesta ahora!".

Seguimiento del ritual

Coloque la vela de la prosperidad en su altar permanente. Enciéndala con frecuencia, por ejemplo todos los jueves. Puede repetir su(s) declaración(es) de intención o simplemente diga: "La prosperidad llena mi vida".

Coloque también su rueda de la fortuna en su altar permanente. Puede colocarla en la pared si lo desea. Es mejor mantenerla en un sitio en donde solamente usted pueda verla para preservar el secreto del ritual y para mantener la energía del rito enfocada en el resultado que se desea. A medida que cada uno de los aspectos de su rueda de la fortuna se manifieste, enciérrelos en un círculo y escriba encima de ellos la fecha en que consiguió ese aspecto. Cuando haya agotado esa rueda y todo le haya llegado a su vida, ¡haga otra!

SALGA DE VIAJE

¡Usted tiene que marcharse! Necesita tomar unas vacaciones de su vida diaria, salir de su estancamiento, tener una aventura en algún lugar nuevo. ¡Tiempo para comenzar la magia de viajar!

Yo hago muchos viajes, de negocios y por diversión. Las vacaciones pueden ser largas y elaboradas o escapadas rápidas de un día. Puede permanecer en un hotel cinco estrellas o acampar bajo las estrellas. Los viajes son formas grandiosas de pulir sus habilidades de hacer magia. Cuando se está en el camino, se hace más fácil soñar sobre nuevas formas de vivir la vida y hacer un poco de magia puede rendir grandes dividendos.

Resultado deseado

Comience con un viaje sencillo cerca de casa. ¿Hay un parque, un camping o una villa agradable que quiera visitar?

¿Planea ir solo o llevar a un amigo, a su cónyuge o a toda la familia? Acampar es una forma económica de salir de la ciudad con un grupo grande. Puede hacer reservaciones en un motel poco costoso. Si siente ganas de derrochar, puede reservar una suite en un hotel cinco estrellas y pasar una noche en la ciudad. Elija una foto del lugar al que está decidido a ir o escríbalo en una hoja de papel.

Escriba una sola oración que describa este viaje. Por ejemplo:

"Llevo a mi familia al camping
El Sol durante el fin de semana"

"Mi cónyuge y yo vamos a Olimpia
y nos quedamos en el Motel Six"

"Paso el sábado por la noche en el
Cuatro Estaciones y veo una ópera".

Detalles del ritual

Energía elemental: aire

Energía planetaria: Mercurio

Sincronización: miércoles, cuarto creciente/nueva

Tela del altar: amarilla o anaranjada

Velas: blanca, amarilla o anaranjada

Incienso: lavanda o limón

Herramientas especiales

Necesitará una fotografía de su destino o el papel en el cual haya escrito su destino. Esto activa la ley de similitud.

Acción del ritual

Si tiene velas, enciéndalas. Para el aire, encienda una vela blanca o amarilla y diga: "Invoco el poder del aire". Para Mercurio, encienda una vela blanca o anaranjada y diga: "Invoco el poder de Mercurio".

Encienda el incienso de lavanda o de limón con la vela de Mercurio. Puede sostener el quemador de incienso o las barras de incienso en su mano. También puede utilizar un abanico para soplar el incienso, combinando el poder del aire con el poder de Mercurio. Camine en el sentido de las manecillas del reloj una vez alrededor de su círculo, diciendo: "Este círculo se llena con un torbellino de energía para realizar este rito".

Lea su declaración de intención. Siéntese, cierre sus ojos y entre a su espacio interior. Imagínese a sí mismo haciendo el viaje.

Seguimiento del ritual

Ponga la fotografía o el papel con el nombre del destino sobre su altar permanente.

Tan pronto como termine el ritual, establezca la fecha para su viaje. Usted puede necesitar negociar el tiempo si va a llevar a otros con usted. Si tiene un empleo, también necesitará solicitar un permiso. Si se va a quedar en un hotel o en un camping popular, haga la reservación.

¿No está seguro de cómo va a pagar el viaje? Si no puede encontrar el dinero en su presupuesto por ninguna parte, haga el ritual *Necesito dinero ahora* para este propósito específico.

Mientras se encuentre viajando, tome fotos o compre una postal del destino. Puede ponerla en la pared cerca de su altar permanente para recordarse a sí mismo toda la diversión que experimentó y que tuvo éxito haciendo magia para hacer un viaje.

VE DE VIAJE

Ahora que ha hecho un pequeño viaje, es hora de trabajar para tener una aventura.

Resultado deseado

Esta es una gran oportunidad para soñar un poco. ¿Si pudiera ir a algún lugar en el mundo, a dónde iría? ¿India? ¿China? ¡Existe un lugar que salta en su mente ("Oh, siempre he querido ir a . . .")? Encuentre una foto de ese lugar: una fotografía en su computador, una postal o una imagen de una revista. Ponga esa imagen en donde la pueda ver todos los días.

Tome una guía acerca del sitio que desea visitar. El libro tratará temas como tipos de comida, cómo superar problemas, el tipo de moneda local y frases para decir "hola" y "gracias". Leer sobre el lugar hace la idea de ir un poco más real. Imagínese a sí mismo caminando por la calle, saludando a un tendero, con un bolsillo lleno de dinero local. ¿Qué lleva puesto?

Escriba una sola oración que describa este viaje. Por ejemplo:

"Voy a Nepal y bebo té de mantequilla
de yak en una tienda de té de la villa".

"Voy a París e inhalo la esencia de los jardines".

"Voy a Río y bailo en el carnaval".

Puede dedicar una sola vela amarilla o anaranjada para su viaje. Escriba el nombre del destino sobre la vela con la punta de un bolígrafo viejo.

Detalles del ritual

Energía elemental: aire

Energía planetaria: Mercurio

Sincronización: miércoles, cualquier hora de Mercurio, cuarto creciente/luna nueva

Tela del altar: amarilla o anaranjada

Velas: blanca, amarilla o anaranjada

Incienso: lavanda, sándalo

Herramientas especiales

Decore el altar con la guía y las fotos que ha recolectado para su viaje. Coloque sobre el altar la vela que ha dedicado a su viaje.

Acción del ritual

Si tiene velas, enciéndalas. Para el aire, encienda una vela blanca o amarilla y diga: "Invoco el poder del aire". Para Mercurio, encienda una vela blanca o anaranjada y diga: "Invoco el poder de Mercurio".

Encienda el incienso de lavanda o de limón con la vela de Mercurio. Puede sostener el quemador de incienso o las barras de incienso en su mano. También puede utilizar un abanico para soplar el incienso, combinando el poder del aire con el poder de Mercurio. Camine en el sentido de las manecillas del reloj una vez alrededor de su círculo, diciendo: "Este círculo se llena con un torbellino de energía para realizar este rito".

Encienda su vela del viaje y lea su declaración de intención.

Seguimiento del ritual

Ponga la foto de su destino deseado sobre su altar permanente, encima de la vela del viaje. Encienda la vela periódicamente y repita su declaración de intención.

Vaya a una casa de cambio y compre una pequeña cantidad de la moneda del país que planea visitar. También puede ponerla sobre su altar. Si planea ir a un país en el que el idioma nativo no es el suyo, compre una cinta de audio y aprenda unas cuantas frases. Busque un restaurante local que sirva platos de la cocina del país y coma allí una noche o consiga un libro de cocina y prepare una de las especialidades de la región. Busque un CD que tenga la música del país, toque la música del país y vea el video.

Ahora programe el viaje y calcule su presupuesto. Necesitará más tiempo para prepararse para su viaje; tendrá que avisarle a su patrón con unos pocos meses de anticipación. Esto también le dará tiempo para ahorrar dinero. Puede buscar ahorradores del presupuesto, encontrando alojamiento poco costoso y tarifas aéreas de bajo costo. El Internet es especialmente bueno para esto. Puede necesitar hacer el ritual de Prosperidad para conseguir dinero extra para el viaje.

Escriba en su diario acerca del viaje. ¿Qué desea obtener del viaje? ¿Un espíritu renovado, una aventura o una aclaración espiritual?

Cuando haga el viaje, recopile unos pocos recuerdos, cosas que le recuerden el lugar en donde estuvo. ¡Puede ponerlos alrededor de su altar permanente o alrededor de su casa o su oficina para que se recuerde a sí mismo que puede ir a donde lo desee si concentra su magia en ello!

CÍRCULO DE AMIGOS

Usted se encuentra aislado y con pocos amigos. Se acaba de mudar a una nueva ciudad o dejó el colegio y encontró dispersos a sus amigos de colegio o se ha concentrado en su trabajo y ha descuidado su vida social. O talvez quiere expandir su círculo de amigos.

Estar rodeado de amigos comprensivos es una de las formas de riqueza más importantes. Los amigos lo pueden ayudar emocionalmente. Si se encuentra enfermo, los amigos lo visitarán en el hospital. Los verdaderos amigos lo ayudan durante los malos tiempos, pero todo el dinero del mundo no le ayudará a comprar amigos.

Yo viví en una casa con otros tres adultos. Todos eran saludables, felices y tenían buenos empleos. Cuando tuvimos un incendio en la casa perdimos la mayoría de nuestras posesiones. Allí fue cuando descubrí quiénes eran mis verdaderos amigos. Mi mejor amiga nos recogió de la calle en donde nos encontrábamos en pijama. Muchos amigos nos suministraron un lugar para quedarnos durante unas semanas mientras buscábamos un nuevo hogar. Treinta personas aparecieron al día siguiente para ayudarnos a sacar las cosas que no habían sido destruidas. Los amigos son el verdadero tesoro de la vida.

Resultado deseado

¿Desea conseguir un amigo especial o convertirse en miembro de un grupo de amigos? ¿Está buscando una relación casual, como alguien para ir al cine y con quien almorzar o desea formar una unión de compromiso profundo? Escriba una oración que describa esto. Por ejemplo:

"Tengo un mejor amigo que sabe todo sobre mí, me ayuda y pasa mucho tiempo con migo".

"Pertenezco a un grupo de amigos que salen juntos y se divierten".

"Tengo un pequeño grupo de amigos que se fijan en los cumpleaños de cada uno, intercambian regalos en Navidad y están tan cerca como una familia".

Detalles del ritual

Energía elemental: aire

Energía planetaria: Venus

Sincronización: viernes, cualquier hora de Venus, cuarto creciente.

Tela del altar: amarilla o verde

Velas: blanca, amarilla o verde

Incienso: rosa o almizcle

Herramientas especiales

Necesita cualquier fotografía de personas juntas riendo o abrazándose o imágenes de personas bailando juntas y tomándose de las manos.

Acción del ritual

Si tiene velas, enciéndalas. Para el aire, encienda una vela blanca o amarilla y diga: "Invoco el poder del aire". Para Venus, encienda una vela blanca o verde y diga: "Invoco el poder de Venus".

Encienda el incienso de rosa o de almizcle con la vela de Venus. Puede sostener el quemador de incienso o las barras de incienso en su mano. También puede utilizar un abanico para soplar el incienso, combinando el poder del aire con el poder de Venus. Camine en el sentido de las manecillas del reloj una vez alrededor de su círculo, diciendo: "Este círculo se llena con un torbellino de energía para realizar este rito".

Lea su declaración de intención. Entre a su espacio interior y véase a sí mismo rodeado por compañeros afectuosos. Sienta la felicidad y la seguridad de saber que tiene buenos amigos.

Seguimiento del ritual

Si desea nuevas personas en su vida, necesita acudir a un lugar en donde las pueda encontrar. Tome una clase de algo que le interese o afíliese a un club. Hable con las personas que encuentre allí. Si conversa con una persona en particular varias veces, pídale que salgan a almorzar o a comer.

Como usted es un mago, puede considerar afiliarse a un club o grupo mágico. Los magos con frecuencia son muy receptivos hacia la idea de familias de amigos. Algunas organizaciones toman las uniones de fraternidad muy seriamente y usted puede encontrar relaciones comprensivas allí. Los miembros de los aquelarres Wiccan se consideran a sí mismos tan cercanos como parientes consanguíneos.

Al igual que con el círculo de colegas, usted obtiene de regreso lo que reparte. Sea amistoso con los demás y ellos estarán más inclinados a ser amistosos con usted. Pregúnteles a sus nuevos amigos cómo se sienten y escuche realmente su respuesta. Cuénteles qué está sucediendo en su vida también; no se esconda, esperando que ellos pregunten.

La amistad es un bien inmaterial. Esto significa más que simplemente obtener de regreso lo que se reparte o asegurarse de que se está cuidando. Esta es valiosa dentro de sí misma y por sí misma en formas que son imposibles de medir. Esta es una unión entre las personas que enriquecen la vida y la hacen más interesante. Tener amigos es uno de los gozos de estar vivo.

CONTROLA EL TIEMPO

¿Necesita más tiempo en su día? ¿No puede encontrar un fin de semana libre para hacer la salida que desea? ¿Está disfrutando su trabajo pero está trabajando mucho sobre tiempo y necesita una oportunidad para relajarse? ¿Fijó todas sus actividades para el mes y ahora todo el mundo quiere cambiar de opinión? Usted necesita tomar el control de su tiempo.

Resultado deseado

Saturno es el poder a invocar. Este planeta, llamado Cronos (lo cual significa "tiempo") por los griegos, gobierna todas las cosas que tienen que ver con programación. Sin embargo, tenga cuidado con este poder. Saturno tiende a solidificar las cosas, así que, si lo que desea es más libertad, se deberá emplear algo más de tiempo redactando su resultado deseado. He aquí algunos ejemplos:

"Encuentro tiempo suficiente en mi horario
para ir al gimnasio tres veces esta semana".

"El próximo mes tengo una semana
libre para hacer mi salida".

"El sobre-tiempo disminuye esta semana de manera
que puedo pasar un tiempo con mi familia".

"Mi programación se afirma y todos
mantienen sus compromisos".

Haga una copia de la página de un calendario o utilice un software de programación. Escriba en él los eventos que desea que ocurran. Puede escribir el evento específico, como "Vacaciones en Tahití" o puede escribir "Mi tiempo".

Detalles del ritual

Energía elemental: tierra

Energía planetaria: Saturno

Sincronización: sábado, cualquier hora de Saturno, cuarto menguante.

Tela del altar: verde o negra

Velas: blanca, verde o negra

Incienso: pino y mirra o civeta

Herramienta especial

Coloque su calendario sobre el altar.

Acción del ritual

Si tiene velas, enciéndalas. Para la tierra, encienda una vela blanca o verde y diga: "Invoco el poder de la tierra". Para Saturno, encienda una vela blanca o negra y diga: "Invoco el poder de Saturno".

Encienda el incienso de pino con la vela de tierra. Encienda el incienso de mirra o de civeta con la vela de Saturno. Camine en el sentido de las manecillas del reloj una vez alrededor de su círculo, diciendo: "Este círculo se llena con un torbellino de energía para realizar este rito".

Lea su programación en voz alta. Déle un golpecito una vez y diga: "Mi tiempo es mío".

Seguimiento del ritual

Ponga el calendario en su cuaderno de notas. Cuando obtenga su tiempo libre, asegúrese de volver a éste y anotar esto en el calendario.

PARA LA JUSTICIA

Existen muchas ocasiones en la vida exigen una apelación a la justicia. Un ladrón irrumpió en su casa o alguien chocó su auto y huyó. Nuevamente no fue tenido en cuenta para un ascenso, debido a su sexo o su raza. Un ex amigo se aprovechó de usted, tomó prestado algo y no lo devolvió. Alguien está contando historias de usted. Cualquiera que sea la situación, se siente agraviado y ese sentimiento se está atravesando en el camino de toda su otra magia. Necesita conectar a tierra su emoción, todo su miedo y su rabia y ponerse a sí mismo nuevamente en una posición de poder.

Resultado deseado

Para trabajar este rito, escriba su queja. Hable acerca de lo que le sucedió exactamente. No se contenga; ponga toda su emoción en esto y detalle todo lo que pueda. Por ejemplo: "Le presté mi auto a un amigo y cuando me lo regresó, la parte frontal de éste estaba completamente sumida. Me sentí muy estúpido por permitir que lo condujera. Estoy muy enojado con él por haber averiado mi auto". Siga hablando acerca de lo que sucedió y cómo se siente por ello.

Detalles del ritual

Energía elemental: aire

Energía planetaria: Saturno

Sincronización: sábado, cualquier hora de Saturno, cuarto menguante.

Tela del altar: amarilla o negra

Velas: blanca, amarilla o negra

Incienso: mirra, civeta

Herramientas especiales

Traiga su queja escrita y una pluma negra.

Acción del ritual

Si tiene velas, enciéndalas. Para el aire, encienda una vela blanca o amarilla y diga: "Invoco el poder del aire". Para Saturno, encienda una vela blanca o negra y diga: "Invoco el poder de Saturno".

Encienda el incienso de mirra o civeta con la vela de Saturno. Puede sostener el quemador de incienso o las barras de incienso en su mano. También puede utilizar un abanico para soplar el incienso, combinando el poder del aire con el poder de Saturno. Camine en el sentido de las manecillas del reloj una vez alrededor de su círculo, diciendo: "Este círculo se llena con un torbellino de energía para realizar este rito".

Ahora siéntese, respire profundamente y lea calmadamente su queja. Cuando haya terminado, dóblelo y colóquelo sobre su altar. Déle un golpecito y diga: "Todo lo que me fue quitado, regrese a mí". Si tiene una pluma negra, agítela sobre ésta. Diga: "Este asunto es traído a la justicia".

Seguimiento del ritual

Tome la queja y quémela.

Ahora es tiempo de alejar sus pensamientos del tema. Ha dejado la justicia a los poderes de Saturno, quien se encargará de esto por usted. Inquietarse por esto entorpecerá el rito.

Este es un excelente ritual para realizarlo junto con el ritual para la curación emocional y el rito para protección. Puede combinarlos en un solo ritual. No se preocupe por las atribuciones elementales o planetarias, simplemente purifique y consagre las joyas.

Recuerde que la justicia no es revancha. En el calor de la rabia puede ser difícil notar la diferencia. La magia de la justicia le regresa lo que le fue quitado injustamente. Ésta no castiga a la persona que lo hirió. El enfoque de este ritual no es causar dolor a alguien, sino protegerlo y curarlo específicamente a usted. La venganza es una forma de magia, pero es volátil y exige costos significativos y por esta razón no hay un ritual de venganza en este libro.

SANACIÓN EMOCIONAL

Algo lo hiere; perdió algo o a alguien. Todos nosotros experimentamos pérdidas en la vida y lo que parece un problema menor para los demás nos puede golpear realmente fuerte. Es hora de prestar atención a la sanación.

Resultado deseado

Lo más importante es reconocer que es doloroso y que ese sentimiento es natural. Pase algún tiempo con su pena. Experiméntela. Hable acerca de ella con sus amigos, llore y/o escriba en su diario.

Puede ser que no esté tratando con un trauma importante, pero ha tenido una semana realmente mala: el jefe gritándole, peleó con un amigo, chocó el auto, le devolvieron un cheque y todo esto lo ha dejado destruido y tenso.

Piense acerca de la paz y la felicidad que quiere experimentar de nuevo. Ponga esto en una sola oración. Por ejemplo:

"Mi corazón se levanta y puedo sonreír nuevamente".

"Estoy relajado y calmado".

Detalles del ritual
Energía elemental: agua

Energía planetaria: Luna

Sincronización: lunes, cualquier hora de la luna, cuarto menguante.

Tela del altar: azul, blanco o plateado

Velas: blanca, azul o plateada

Incienso: jazmín, gardenia

Herramientas especiales
Necesitará un tazón de agua. Puede colocar una gota de aceite de jazmín o de gardenia en el agua. También traiga una joya que lo represente, como un anillo o un collar que use con frecuencia.

Acción del ritual
Si tiene velas, enciéndalas. Para el agua, encienda una vela blanca o azul y diga: "Invoco el poder del agua". Para la luna, encienda una vela blanca o plateada y diga: "Invoco el poder de la Luna".

Encienda el incienso de jazmín o de gardenia con la vela de la luna. Puede sostener el quemador de incienso o las barras de incienso en su mano. Camine en el sentido de las manecillas del reloj una vez alrededor de su círculo, diciendo: "Este círculo se llena con un torbellino de energía para realizar este rito".

Lea su declaración de intención. Enseguida, toma la joya que lo representa. Sumérjala en el agua y diga: "Estoy purificado. Estoy curado y renovado".

Seguimiento del ritual

Puede realizar el seguimiento con un baño a sí mismo. Coloque las velas de la luna y del agua en el borde de la bañera. Envuélvase en algo tibio y pase una noche cuidándose a sí mismo: beba leche tibia, lea un cuento tranquilizante, escuche música suave. Recuerde tomar todo con calma durante unos pocos días mientras recupera su confianza emocional.

PROTECCIÓN

Se siente amenazado; algo lo amenaza. Quizás usted solamente siente que es hora de poner atención a su seguridad.
Su siguiente acto ritual es hacer un rito de protección.

Resultado deseado

Puede realizar este rito para usted mismo. También puede
realizarlo para otra persona. Definitivamente debe hablar
con esa persona y obtener permiso de ella antes de enviarle
su energía. De lo contrario puede desorientar a la persona y
ella necesariamente no sabrá qué hacer con la energía. Esto
es comportamiento amable mágico. La excepción a esta regla
es cuando está haciendo el ritual para beneficio de sus propios hijos o de sus mascotas, los cuales son seres por quienes usted tiene una responsabilidad. Incluso en este caso,
es buena idea hablar con ellos (sí, háblele a su mascota) y
explíqueles lo que está haciendo y por qué.

Describa su deseo de seguridad en una sola oración.
Por ejemplo:

"Estoy protegido en casa, en el trabajo,
en el colegio y en la calle".

"Mi hija está protegida en cualquier
parte a donde vaya".

"Estoy seguro y feliz en mi vida".

Detalles del ritual

Energía elemental: fuego

Energía planetaria: Marte

Sincronización: martes, cualquier hora de Marte, cuarto creciente.

Tela del altar: roja

Velas: blanca o roja

Incienso: canela (o una esencia de condimento)

Herramientas especiales

Necesitará un tazón de agua. Puede colocar una gota de aceite de canela o de poleo en el agua. También traiga amuleto protector, tal como un anillo, un collar, un prendedor o una piedra semipreciosa para llevar en el bolsillo.

Acción del ritual

Si tiene velas, enciéndalas. Para el fuego, encienda una vela blanca o roja y diga: "Invoco el poder del fuego". Para Marte, encienda una vela blanca o roja y diga: "Invoco el poder de Marte".

Encienda el incienso de canela con la vela de Marte. Puede sostener el quemador de incienso o las barras de incienso en su mano. Camine en el sentido de las manecillas del reloj una vez alrededor de su círculo, diciendo: "Este círculo se llena con un torbellino de energía para realizar este rito".

Lea su declaración de intención. Sumerja el amuleto dentro del agua y diga: "Este amuleto está purificado de todas las energías, excepto aquella de mi propósito". Agite el amuleto a través del incienso y diga: "Este amuleto está cargado para proteger a [nombre de la persona que va a ser protegida]".

Seguimiento del ritual

Si el amuleto es para usted, póngaselo. Si es para otra persona, déselo a esa persona.

Si está amenazado por una persona específica, siga los pasos apropiados para protegerse a sí mismo contra esa persona. También es un buen momento para revisar el sistema de seguridad de su casa y chequear los seguros de las puertas y ventanas. También es un buen momento para renovar las custodias sobre su casa y su auto.

SANACIÓN FÍSICA

Nuestros cuerpos físicos soportan muchos perjuicios en el transcurso de la vida. Existen heridas menores, tales como esguinces musculares, cortaduras y quemaduras. Algunas heridas son inmediatas y más graves, como huesos rotos o un virus que nos infecta. Más gravemente, podemos contraer una enfermedad terminal, como el cáncer.

¡Por supuesto que la primera cosa que hay que hacer cuando se adquiere una herida física es acudir al doctor! La magia no es un sustituto para la atención médica profesional. La magia ayuda y aumenta lo que hará por usted la profesión médica. Además de esto, ayude a su propia recuperación investigando, leyendo y hablando a los demás de su achaque, de forma que adquiera tanto conocimiento como pueda. Entonces, cuando haya hecho todas las cosas que necesita hacer en el nivel físico, puede traer esa información para ayudar a crear su propio ritual.

Resultado deseado

Describa su enfermedad en un pequeño trozo de papel. Por ejemplo: "Hueso del brazo roto", "Neumonía progresiva" o "Cáncer de piel".

Enseguida, resuma su estado de salud deseado en una sola oración. Por ejemplo:

"Yo lanzo la pelota en el juego de softbol de la oficina".

"Estoy enérgico y completo".

"Mi piel está limpia y suave nuevamente".

Detalles del ritual

Energía elemental: tierra

Energía planetaria: Mercurio

Sincronización: miércoles, cualquier hora de Mercurio, cuarto creciente.

Tela del altar: verde o anaranjada

Velas: blanca, verde o anaranjada

Incienso: pino y lavanda o limón

Herramientas especiales

Necesitará la descripción de su enfermedad y un recipiente resistente al fuego, como un cenicero, una vasija de hierro o un plato de arena. También traiga una copa de té curativo, como consuelda o menta.

Acción del ritual

Si tiene velas, enciéndalas. Para la tierra, encienda una vela blanca o verde y diga: "Invoco el poder de la tierra". Para Mercurio, encienda una vela blanca o anaranjada y diga: "Invoco el poder de Mercurio".

Encienda el incienso de pino con la vela de tierra. Encienda el incienso de lavanda o de limón con la vela de Mercurio. Puede sostener el quemador de incienso o las barras de incienso en su mano. Camine en el sentido de las manecillas del reloj una vez alrededor de su círculo, diciendo: "Este círculo se llena con un torbellino de energía para realizar este rito".

Lea su declaración de intención. Tome el papel en el cual haya escrito su enfermedad y quémelo. Diga: "Esta enfermedad desaparece de mi vida". Respire profundamente y exhale, sintiendo y viendo cómo la enfermedad fluye hacia fuera de su cuerpo.

Sostenga la taza de té en sus manos. Inhale su aroma, sintiendo y viendo cómo llena su cuerpo con energía saludable. Bébalo lentamente. Diga: "Estoy completo y saludable una vez más".

Seguimiento del ritual

Asegúrese de tomar las cenizas del papel y deshacerse de ellas en el exterior. Láncelas en agua corriente o entiérrelas.

Continúe haciendo lo necesario para curarse; ir al doctor, tomar su medicina o quedarse en la cama. El ritual trae la magia para que le ayude a sanar más rápidamente, ¡pero su cuerpo tiene que hacer el trabajo!

SANANDO A OTRA PERSONA

Alguien por quien usted se preocupa está enfermo y le gustaría ayudarle.

Resultado deseado

Primero, ¡pregunte a la persona necesitada si acoge positivamente su ayuda mágica! Si envía energía a las personas que no la están esperando y a quienes podrían no recibirla positivamente, usted puede hacer más daño que bien.

Una vez haya recibido el permiso para realizar su trabajo curativo, pregunte a la persona para definir su enfermedad en una sola oración. Escríbala en un pequeño trozo de papel.

Detalles del ritual

Energía elemental: tierra

Energía planetaria: Mercurio

Sincronización: miércoles, cualquier hora de Mercurio, cuarto menguante.

Tela del altar: verde o anaranjada

Velas: blanca, verde o anaranjada

Incienso: pino y lavanda o limón

Herramientas especiales

Necesitará algo que represente a su amigo: una fotografía, un objeto de su propiedad, su nombre en un trozo de papel. También traiga el papel que contiene la descripción de la enfermedad, un recipiente resistente al fuego, como un cenicero, una vasija de hierro o un disco de arena y una taza de té curativo, como consuelda o menta

Acción del ritual

Si tiene velas, enciéndalas. Para la tierra, encienda una vela blanca o verde y diga: "Invoco el poder de la tierra". Para Mercurio, encienda una vela blanca o anaranjada y diga: "Invoco el poder de Mercurio".

Encienda el incienso de pino con la vela de tierra. Encienda el incienso de lavanda o de limón con la vela de Mercurio. Puede sostener el quemador de incienso o las barras de incienso en su mano. Camine en el sentido de las manecillas del reloj una vez alrededor de su círculo, diciendo: "Este círculo se llena con un torbellino de energía para realizar este rito".

Lea su declaración de intención. Tome el papel en el cual haya escrito su enfermedad y quémelo. Diga: "Esta enfermedad abandona a —el nombre de su amigo—". Visualice a su amigo y sienta y vea la enfermedad fluyendo lejos.

Ahora coloque la taza de té en frente del objeto que representa a su amigo. Sienta y vea la energía curativa infundiendo a su amigo. Diga: " —el nombre de su amigo— está completo y saludable nuevamente".

Seguimiento del ritual

Lleve la cuenta del progreso de su amigo. Puede hacer el seguimiento con un obsequio de mejórate pronto. Si su amigo acoge positivamente la magia, puede darle la vela que utilizó en este rito. Dígale a su amigo que encienda la vela durante unos pocos minutos todos los días (asegurándose de observarla mientras ésta arde) hasta que él o ella estén bien.

UN NUEVO AMOR

Finalmente está en un momento de su vida en el cual puede pensar en el amor. Ha crecido, se ha recuperado de un rompimiento sentimental o su carrera se ha estabilizado y tiene algo de tiempo libre. Está cansado de estar solo. ¡Es hora de que invite el amor a su vida!

Resultado deseado

¿Qué desea de un amante? ¿Está buscando su único amor verdadero que durará por siempre? ¿Echa de menos una aventura de verano antes de ir al colegio? Si usted es poliamoroso, ¿qué tal un amante adicional para añadir a una vida amorosa ya feliz? He aquí algunas cosas sobre las que hay que pensar:

- ¿Cuánto tiempo tiene para dedicar a una relación?
- ¿Está buscando una relación de medio tiempo o tiene muchos espacios en su vida para que alguien los llene?
- ¿Qué es importante para usted en una relación?

- ¿Desea sexo ardiente, solamente un poco o nada en absoluto?
- ¿Añora que alguien comparta sus pasiones y sueños o simplemente desea a alguien con quien ir al cine de vez en cuando?
- ¿Su nuevo compañero debe compartir su religión, su edad, su raza y/o la ciudad en la que usted vive?

Extracte sus requerimientos en una sola oración. Por ejemplo:

> "Encuentro mi alma gemela y
> viajamos por el mundo estudiando arte".

> "Un romance fácil y gentil llega a mi vida".

> "Encuentro una relación descomplicada
> con mucho sexo y diversión".

No tema solicitar lo que desea. No tiene que justificarlo ante su familia o amigos. Esto es sólo para usted —lo está colocando en un ritual para que el universo lo manifieste—.

Detalles del ritual

Energía elemental: fuego

Energía planetaria: Venus

Sincronización: viernes, cualquier hora de Venus, cuarto creciente, especialmente luna nueva

Tela del altar: roja o verde

Velas: blanca, roja o verde

Incienso: rosa o almizcle

Herramientas especiales

Necesitará su declaración de intención. También traiga una vela para representar a su nuevo amor: blanca, rosada (especialmente para romances pasajeros), roja o cualquier otro color que sienta que representa sus deseos.

Acción del ritual

Si tiene velas, enciéndalas. Para el fuego, encienda una vela blanca o roja y diga: "Invoco el poder del fuego". Para Venus, encienda una vela blanca o verde y diga: "Invoco el poder de Venus".

Encienda el incienso de rosa o de almizcle con la vela de Venus. Puede sostener el quemador de incienso o las barras de incienso en su mano. Camine en el sentido de las manecillas del reloj una vez alrededor de su círculo, diciendo: "Este círculo se llena con un torbellino de energía para realizar este rito".

Lea su declaración de intención. Encienda la vela que representa su nuevo amor. Diga: "Como el sol y la luna, como el día y la noche, como la primavera y el otoño, llamo a mi amor hacia mí". Esto activa el proceso de polaridad.

Seguimiento del ritual

Ponga la vela sobre su altar permanente. Todos los viernes, enciéndala y repita la invocación de la polaridad ("Como el Sol y la Luna . . .").

Una buena forma de pensar acerca de atraer un nuevo amor es pensar en atraer a un amigo. Puede combinar este ritual con el rito de Círculo de amigos. Si no le gusta todo el proceso de salir, puede tratar de hacer nuevos amigos y ver si una de esas relaciones lo lleva a un romance.

También puede colocar un aviso personal. Utilice el aviso que intenta colocar como su declaración de intención.

CONSERVAR UN AMOR

Usted y su amante han estado juntos durante algún tiempo. Han existido muchas épocas maravillosas, algunas peleas y también tristezas, pero lo que más recuerda son las risas y la alegría. Ahora se está marchando ese primer rubor de excitación. Están experimentando la transición para descubrir cómo ustedes dos se van a amar el uno al otro durante el largo camino. Puede ser un poco aterrador sentir que se desvanece ese ímpetu de pasión inicial. Usted desea conservarlo y se preocupa por que su amante puede terminar su relación para encontrar nuevamente la excitación de la primera pasión con alguien nuevo.

Resultado deseado

La primera cosa que hay que decidir es si realmente quiere que esa persona esté en su vida más permanentemente. ¿Es mejor dejarla ir? Talvez cuando la pasión se acabe, puedan convertirse en ex amantes y amigos permanentes.

Si siente más alivio que tristeza cuando piense en ello, debería considerar esta opción.

Si reacciona fuertemente contra ese pensamiento y quiere sinceramente un romance profundo y duradero con esta persona (quizás incluso un compromiso a largo plazo o un matrimonio), entonces este ritual es para usted.

Piense sobre la forma en que desea tomar su relación. Ahora que conoce a su amante, conoce cuáles son sus fortalezas juntos y también conoce sus debilidades. Escriba una declaración de intención que acentúe sus fortalezas y equilibre los lugares en donde necesita hacer algún trabajo.

Digamos que se divierten enormemente juntos pero algunas veces pelean amargamente. Usted desea un romance duradero. Su declaración de intención debería decir: "Mi amante y yo permanecemos juntos, aprendemos a resolver nuestros conflictos calmadamente y nos divertimos muchísimo entre nosotros".

Detalles del ritual

Energía elemental: agua

Energía planetaria: Sol

Sincronización: domingo, cualquier hora del Sol, cuarto creciente, especialmente luna llena

Tela del altar: azul o amarilla

Velas: blanca, azul o amarilla

Incienso: Incienso o sándalo

Herramientas especiales

Necesitará un regalo que le haya obsequiado su amante. También puede comprar un obsequio para su amante.

Acción del ritual

Si tiene velas, enciéndalas. Para el agua, encienda una vela blanca o azul y diga: "Invoco el poder del agua". Para el sol, encienda una vela blanca o amarilla y diga: "Invoco el poder del Sol".

Encienda el incienso de incienso o de sándalo con la vela del sol. Puede sostener el quemador de incienso o las barras de incienso en su mano. Camine en el sentido de las manecillas del reloj una vez alrededor de su círculo, diciendo: "Este círculo se llena con un torbellino de energía para realizar este rito".

Lea su declaración de intención. Sostenga el regalo que le obsequió su amante y diga: "Así como mi amor me dio este regalo, de la misma manera mi amor me da el regalo del amor duradero". Sostenga el regalo que le quiere dar a su amante y diga: "Así como le doy este regalo a mi amante, de la misma manera le doy a mi amante el regalo de mi amor duradero".

Seguimiento del ritual

Dé el regalo a su amante. Ponga el regalo que su amante le dio en un lugar en donde pueda verlo todos los días. Si es una joya, utilícela.

Lo más importante a hacer enseguida es hablar a su amante. Usted no puede construir la relación que desea por sí solo. Hágale saber a su amante exactamente lo que desea. Hable acerca de las formas en que usted piensa que pueden sobreponerse a los obstáculos en su relación y, especialmente, hable acerca de lo que ama de esa persona y de lo mucho que desea seguir amándolo.

LIBERAR A UN AMOR

Es hora de dejar ir a su amante. Están peleando más de lo que se están divirtiendo. Se ha hecho claro para usted que esta persona tiene un impacto negativo en su vida. Lo que parecía un apoyo se ha convertido en una necesidad de controlar o lo que parecía honestidad encantadora se ha convertido en grosería. Podría ser que esto se esté convirtiendo en algo horrible y se están hiriendo demasiado. Es hora de terminar esta relación y continuar con su vida.

Resultado deseado

Terminar una relación es una de las decisiones más difíciles de tomar. Usted tiende a conservar muchos sentimientos, tales como rabia, tristeza o frustración. Talvez usted no fue la persona que decidió que se terminara la relación. Aún así, es claro que ha terminado y siente la necesidad de romper ritualmente los lazos con esta persona y seguir adelante.

Confronte su rabia; sáquela de su sistema. Escriba todas las cosas que lo hacen infeliz y las razones por las cuales está terminando esta relación.

Confronte su tristeza. Escriba las cosas que le gustaban de la relación que va a perder.

Finalmente, escriba el resultado que desea. ¿Quiere seguir siendo amigo de esta persona? ¿Desea no volver a ver o hablar con esa persona nunca más? Recuerde agregar que desea estar en paz y ser libre para amar nuevamente.

Detalles del ritual

Energía elemental: agua

Energía planetaria: Marte

Sincronización: martes, cualquier hora de Marte, cuarto menguante, especialmente luna nueva

Tela del altar: azul o roja

Velas: blanca, azul o roja

Incienso: canela o cualquier esencia de condimento

Herramientas especiales

Además del incienso listado anteriormente, necesitará una barra de incienso —tiene que ser una barra—. Este incienso permanecerá sin encender. Traiga también una fotografía de su amante, su descripción de su rabia y de su tristeza y su declaración de intención.

Acción del ritual

Si tiene velas, enciéndalas. Para el agua, encienda una blanca o azul y diga: "Invoco el poder del agua". Para Marte, encienda una blanca o roja y diga: "Invoco el poder de Marte".

Encienda el incienso de canela o de condimento con la vela de Marte. Puede sostener el quemador de incienso o las barras de incienso en su mano. Camine en el sentido de las manecillas del reloj una vez alrededor de su círculo, diciendo: "Este círculo se llena con un torbellino de energía para realizar este rito".

Lea su declaración de intención. Siéntese en frente de su altar y mire la fotografía de su amante. Lea las páginas que escribió acerca de su rabia y de su tristeza hacia esa persona. Ahora tome la barra de incienso, diga: "Nosotros dos estamos separados" y rómpalas en dos mitades. Voltee la foto.

Seguimiento del ritual

Comunique su resultado deseado a su ex amante. Avísele a su ex que todo ha terminado, que desea que sigan siendo amigos, que no desea ver esa persona nunca más o lo que sea que decida hacer.

Puede elegir compartir sus cartas de rabia y de tristeza con su ex. Si quiere que sigan siendo amigos, es quizás buena idea archivarlas en su cuaderno de notas mágico.

También se recomienda seguir con el ritual para sanación emocional. Ahora es un buen momento para concentrarse en cualquier otra magia —salga, trabaje en su carrera, expanda su círculo de amigos—. Usted sabrá cuándo estará listo para un nuevo amor otra vez.

INSPIRACIÓN CREATIVA

Usted es un artista, un escritor o un músico listo para iniciar un nuevo proyecto. Hace artesanías y desea ser más expresivo con su arte. Talvez le gustaría explorar un lado creativo y no está realmente seguro qué forma tomará. ¡Usted necesita inspiración!

Resultado deseado

¿Desea iniciar un nuevo proyecto o terminar uno existente? ¿Simplemente desea atraer creatividad aumentada a su vida? Escriba su deseo en una sola oración. He aquí algunos ejemplos:

"Estoy inspirado para terminar el libro
que estoy escribiendo".

"Encuentro muchas ideas nuevas
para mis pinturas nuevas".

"La creatividad llega a mi vida de
muchas formas nuevas y agradables".

Detalles del ritual

Energía elemental: aire

Energía planetaria: Luna

Sincronización: lunes, cualquier hora de la Luna, cuarto
    creciente, especialmente luna nueva

Tela del altar: amarilla o plateada

Velas: blanca, amarilla o plateada

Incienso: jazmín o gardenia

Herramienta especial

Necesitará un cristal

Acción del ritual

Si tiene velas, enciéndalas. Para el aire, encienda una vela
blanca o amarilla y diga: "Invoco el poder del aire". Para la
luna, encienda una vela blanca o plateada y diga: "Invoco
el poder de la luna".

Encienda el incienso de jazmín o de gardenia con la
vela de la luna. Puede sostener el quemador de incienso o
las barras de incienso en su mano. Camine en el sentido
de las manecillas del reloj una vez alrededor de su círculo,
diciendo: "Este círculo se llena con un torbellino de energía para realizar este rito".

Lea su declaración de intención. Si tiene un cristal, sosténgalo en la mano y diga: "Este cristal se llena con la
energía de la inspiración creativa".

Seguimiento del ritual

Ponga atención especial a sus sueños inmediatamente después de este ritual. Si no ha llevado un diario de sueños, ahora es un buen momento para empezar uno. Puede dejar su cristal afuera en donde pueda capturar la luz de la luna. Duerma con él cerca de su cama. También puede conservarlo o colocarlo cerca de usted cuando trabaje en sus proyectos creativos.

ENCONTRAR UNA SENDA ESPIRITUAL

Usted siente un llamado, una necesidad de entender algo más acerca de cómo funciona el mundo y las fuerzas del universo más allá de usted mismo. La religión de su niñez ya no parece satisfacer sus necesidades. Ha encontrado algo acerca de lo que había estado buscando en la magia, pero sabe que desea aprender más. Le gustaría elegir una senda mágica.

Resultado deseado

¿Qué está buscando en una senda espiritual? ¿Desea una religión que describa deidades y los trabajos del universo? ¿Está más interesado en una filosofía con menos énfasis en las reglas externas y mayor énfasis en encontrarse a sí mismo?

¿Está buscando un grupo de personas para compartir su espiritualidad? ¿Un solo profesor que le ayude a encontrar a dónde necesita ir? ¿Está más interesado en explorar su espiritualidad por sí mismo?

Resuma sus deseos en una oración. He aquí algunos ejemplos:

"Encuentro la religión que es correcta para mí".

"Encuentro un grupo de personas que puedan
pasar tiempo con migo y que nos reunamos
para discutir el crecimiento espiritual".

"Atraigo el profesor perfecto que me ayude
a entender a dónde necesito ir".

"Mi entendimiento espiritual se aclara para mí".

Detalles del ritual

Energía elemental: fuego

Energía planetaria: Sol

Sincronización: domingo, cualquier hora del Sol, cuarto
creciente, especialmente luna llena

Tela del altar: roja o amarilla

Velas: blanca, roja o amarilla

Incienso: incienso o sándalo

Herramienta especial

Necesitará su declaración de intención.

Acción del ritual

Si tiene velas, enciéndalas. Para el fuego, encienda una blanca
o roja y diga: "Invoco el poder del fuego". Para el Sol, encienda
una blanca o amarilla y diga: "Invoco el poder del Sol".

Encienda el incienso de olíbano o sándalo con la vela del Sol. Puede sostener el quemador de incienso o las barras de incienso en su mano. Camine en el sentido de las manecillas del reloj una vez alrededor de su círculo, diciendo: "Este círculo se llena con un torbellino de energía para realizar este rito".

Lea su declaración de intención. Cierre sus ojos y entre a su espacio interior. Vea y sienta lo que verá y escuchará cuando haya encontrado su senda espiritual.

Seguimiento del ritual

Lea libros; explore clases en su área. Todas las áreas metropolitanas del mundo tienen recursos mágicos y espirituales que están fácilmente disponibles si los busca.

Una palabra de advertencia: en el primer impulso que le llegue a la cabeza de explorar una nueva forma de ser, es fácil dejarse llevar por el entusiasmo. Es muy similar a enamorarse: todas las cosas parecen maravillosas y nuevas y usted está lleno de felicidad y de una nueva sensación de libertad. Así como en el amor, algo de este entusiasmo permanece con usted por el resto de su vida y algo de éste se vuelve malo para usted. Además, existen personas que llegan durante esa excitación inicial y utilizan su recién encontrado sentido de libertad para aprovecharse de usted. Piense en ellos como si fueran carteristas espirituales, aprovechándose de usted después de que ha bebido y va caminando por una calle desconocida.

Una sencilla dosis de sentido común puede alejarlo de muchos problemas. Si sus nuevos amigos parecen desear mucho dinero de usted, le piden que se mude, desean que renuncie a su trabajo, a su cónyuge, a sus demás amigos o básicamente realizan un gran cambio en su vida, probablemente estén más interesados en lo que pueden obtener de usted que en lo que le puedan ayudar para que encuentre su centro espiritual. Existen muchos maestros espirituales que le piden que examine su vida y que tome decisiones basado en lo que le conviene. Usted puede decidir que desea cambiar de empleo o mudarse, pero entonces será su decisión basada en su recién encontrado sentido del yo y no una decisión que otra persona está tomando por usted. Puede realizar a la par este ritual con el ritual de protección solamente para asegurarse que permanece en la senda que más le conviene.

Este es el ritual más poderoso de este libro. Por supuesto que es importante tener un lugar donde vivir y una forma de sostenerse económicamente, de ser saludable física y emocionalmente, de tener amigos y de tener amor en su vida. El amor es una fuerza poderosa y potente que puede alterar todo lo demás.

Sin embargo, es su senda espiritual la que dicta más íntimamente quién es usted en el mundo. Con esto no me refiero a la religión que profesa o a quién sea su maestro. Me refiero a ese núcleo de entendimiento del mundo y de sí mismo que lo guía en su vida cotidiana. Cuando usted está en la senda espiritual correcta, hay una energía tremenda disponible para usted para hacer que todas las cosas sucedan —el empleo, el dinero, los amigos y todo el amor caerá en su lugar—.

La marca más clara del mago es la elección consciente de una senda espiritual.

Epílogo

En este libro ha aprendido la manera de ver y sentir la magia en el mundo y cómo traerla hacia su vida. Los ejercicios de cada capítulo construyen habilidades que son útiles inmediatamente y permanecerán útiles por el resto de su vida. El esbozo del ritual le da un ejemplo de una manera de crear el espacio del ritual. Los mismos rituales cubren la mayoría de los temas que enfrentamos en el mundo cotidiano: tener un lugar en donde vivir, tener una entrada para sobrevivir, salud y seguridad física y emocional, amigos, amantes, inspiración creativa y desarrollo espiritual.

Estas habilidades y rituales es todo lo que usted necesita para vivir una vida mágica feliz. Algunos magos continúan explorando varias ramas de la religión mágica y de la filosofía, incluyendo Wicca, paganismo, Thelema (con énfasis en individualismo) y muchas, muchas otras disciplinas y creencias. Usted puede elegir una de esas sendas mágicas o puede elegir utilizar la magia para mantener su vida en el camino que desea seguir. No existen reglas acerca de lo que debe hacer. Las elecciones son completamente suyas.

Existen solamente unas pocas reglas del dedo gordo que facilitarán su camino a medida que continúe con su carrera en el mundo mágico.

Usted es su propio y mejor maestro. Puede leer muchos libros, tomar clases, encontrar un maestro o comprometerse con un grupo, pero sea lo que sea que haga, siempre estará a cargo de su propio proceso de aprendizaje. Solamente usted puede decidir finalmente si lo que está aprendiendo le está funcionando. Si ha tomado un curso con seriedad y cree que está perdiendo su tiempo, cámbiese a otro curso. La libertad, la responsabilidad y la autoridad descansan completamente en usted.

Escúchese a sí mismo. La mente consciente es un pequeño porcentaje de su ser mental y espiritual total. Algunas veces usted toma una decisión conscientemente que sabe en algún nivel que no es correcta para usted. En otras ocasiones, partes suyas saben algo que no ha aprendido conscientemente todavía. Su cuerpo intentará decírselo enfermándose. Sus sueños se lo dirán. La intuición de su estómago rara vez se equivoca. La mayoría de la habilidad mágica se centra en el aprendizaje de poner atención a las señales que usted mismo está suministrando. Si algo en su vida parece descompuesto o siente que algo maravilloso está a punto de suceder, mire sus señales personales buscando claves acerca de lo que está sucediendo. Ya lo sabe.

Observe el mundo. Usted está embebido en una matriz de vida compleja. Cada segundo de cada día, sus sentidos absorben más información de la que puede procesar; usted desecha la mayoría de lo que ve, escucha y siente, porque simplemente no puede soportar la carga. Todo lo que usted filtra es lo que parece ser mágico cuando esto llega hasta su conciencia. Los sentidos y los fenómenos "paranormales" realmente no están fuera de lo ordinario, son parte de lo que hace que el mundo funcione. Ellos están simplemente fuera de nuestra descripción actual culturalmente acordada de la realidad. Si suspende el juzgamiento y observa, escucha y siente cuidadosamente el mundo que le rodea, descubrirá cosas sorprendentes que expandirán los límites de lo que pensaba que era posible.

La vida es mágica. Este libro es una de las formas en las cuales usted puede empezar a sintonizarse con la magia. Existen muchas otras. De usted depende descubrirlas.

Glosario

Adivinación: Utilizar una técnica o herramienta mágica para predecir el resultado de una acción ritual.

Adivinar: Capacidad psíquica de predecir el futuro mirando en un objeto, tal como una bola de cristal o un plato de agua.

Asana: Una posición del cuerpo en la práctica del yoga que incrementa la flexibilidad física y estimula la energía del cuerpo.

Beltane: Una de las ocho fiestas de la brujería. Se tiene el 1º de mayo como una celebración de primavera, con un especial énfasis en el amor y el matrimonio.

Cábala: Una filosofía religiosa judía adoptada por los magos ceremoniales.

Caldea: Una civilización antigua que estudió y dio nombre a los planetas.

Chakra: Un centro de energía en el cuerpo, localizado usualmente a lo largo de la columna vertebral.

Chi: Palabra china que describe la energía mágica del cuerpo. Ver también ki.

Círculo: Una frontera de energía que encierra un espacio para contener un ritual.

Conectar a tierra la energía: Colocar el exceso de energía de un ritual de regreso dentro de la tierra.

Cultura helenística: Una mezcla de cultura griega, romana y egipcia de los primeros siglos de la era actual.

Deosil: Movimiento en el sentido de las manecillas del reloj dentro de un ritual.

Fenomenología: Una disciplina que estudia la forma en que los humanos perciben el mundo.

Hechicería: Utilización de herramientas y técnicas mágicas para lograr un resultado deseado.

Hermética: Un grupo de textos filosóficos y religiosos Helenísticos.

Huna: Religión popular hawaiana con un énfasis especial en la curación.

I Ching: Un sistema de adivinación conformado por símbolos llamados hexagramas, los cuales tienen interpretaciones filosóficas y prácticas.

Ki: Palabra japonesa que describe la energía mágica del cuerpo. Ver también chi.

Kundalini: Energía sexual tantra que viaja desde la base del torso, subiendo por la columna vertebral hasta la cima de la cabeza.

Magia ceremonial: Sistema filosófico occidental que incluye la práctica de rituales para el desarrollo personal.

Mandala: Diagrama tibetano del cosmos que incluye un centro y partes simétricas acomodadas alrededor del centro.

Médium: Una persona que contacta los espíritus de los muertos.

Meridiano: Columna de energía mágica en el cuerpo.

Neopagano: Una persona que practica una religión que revive y continúa una de las religiones populares de Europa antigua.

Poliamorío: Tener relaciones románticas serias con más de una persona al mismo tiempo.

Profetismo: La capacidad adquirida de ver la energía y los espíritus compuestos de energía.

Programación Neuro-lingüística: Una psicología que enfatiza los resultados prácticos en la vida diaria.

Psicometría: Aprender sobre un objeto leyéndolo en forma psíquicamente.

Punto seleccionado: El centro de energía del cuerpo en el abdomen. Vea también tan t'ien.

Samhain: Una de las ocho fiestas de la Brujería. Mantenida el 31 de octubre como una celebración de otoño, con énfasis especial en honrar a los muertos.

Sufismo: Una secta islámica mística. Los miembros del Sufismo también son conocidos como 'dervishes' remolinantes y utilizan la danza y el movimiento como una manera de sentir la unidad con lo divino.

Synthema: Un término griego antiguo para los objetos que personifican la energía de los planetas.

Tan t'ien: Una palabra china que describe el centro de energía del cuerpo en el abdomen. Vea también punto seleccionado.

Tantra: Una filosofía religiosa practicada tanto por los budistas como por los hindúes, la cual contiene técnicas para dirigir la energía del cuerpo, especialmente la energía sexual.

Tarot: Una baraja de cartas que incluye un palo adicional llamado el arcano mayor, utilizado como una forma de adivinación.

Telepatía: Dos mentes humanas compartiendo palabras, imágenes o ideas sin expresarlas verbalmente.

Thelema: Filosofía religiosa fundada por Aleister Crowley, la cual enfatiza la responsabilidad personal y aprecia mucho la libertad personal.

Tiempo lunar: El período menstrual de una mujer.

Voudoun: Una religión caribeña que mezcla la cristiandad con la religión popular africana.

Wicca: Llamada también Brujería; una religión revivida en 1900, la cual se centra en el culto a la diosa y en vivir en armonía con la naturaleza.

Widdershins: Un movimiento contrario al de las manecillas del reloj en un ritual.

Yoga: Una disciplina antigua de movimiento, la cual mueve la energía posicionando el cuerpo físico.

Bibliografía

Esta es una bibliografía corta enfocada en los textos que están directamente relacionados con las técnicas presentes en este libro. He aquí los lugares para explorar algunos de estos temas más específicamente y con profundidad.

Andrews, Ted. *How to See and Read the Aura.* St. Paul, MN: Llewellyn Publications, 1991.

> Una técnica simple para entrenarse para ver y sentir la forma de la energía del cuerpo humano.

Berendt, Joachim-Ernst. *The Third Ear: On Listening to the World.* Shaftesbury, Inglaterra: Element, 1988.

> Berendt tiene muchas ideas acerca de la música y el sonido y de la forma en que ellos moldean el mundo.

_____. *The World is Sound: Nada Brahma Music and the Landscape of Consciousness.* Rochester, VT: Destiny Books, 1991.

Tratado extenso sobre el entendimiento esotérico del sonido derivado del estudio de la música clásica india.

Crowley, Aleister. *777 and Other Qabalistic Writings of Aleister Crowley.* 1912. Reimpresión, York Beach, ME: Samuel Weiser, 1973.

El texto de referencia esencial para los atributos planetarios y elementales.

Dean, Liz. *The Art of Tarot.* New York: Michael Friedman Publishing Group, 2002.

Una Baraja del Tarot fácilmente accesible, ilustrada por Emma Garner, junto con un libro interpretativo corto escrito por Dean. Una primer baraja muy buena.

Garfield, Patricia. *Creative Dreaming.* New York: Simon & Schuster, 1974.

Uno de los libros que articularon las técnicas modernas del trabajo de sueños. Particularmente útil en el aprendizaje para llevar un diario de sueños.

Gawain, Shakti. *Creative Visualization* . Berkeley, CA: Whatever Publications, 1978.

Uno de los textos clásicos que describen las técnicas de afirmación y de visualización y el poder que ellas desencadenan para dirigir su vida.

Godwin, Joscelyn. *The Mystery of the Seven Vowels.* Grand Rapids, MI: Phanes Press, 1991.

Una técnica interesante que equipara las vocales con los tonos y los colores. Explora lo antiguo, así como los usos mágicos de estos sonidos.

Grinder, John, y Richard Bandler. *Frogs into Princes.* Moab, UT: Real People, 1981.

_____. *ReFraming: Neuro-Linguistic Programming and the Transformation of Meaning.* Moab, UT: Real People, 1979.

_____. *Trance-Formations: Neuro-Linguistic Programming and the Structure of Hypnosis.* Moab, UT: Real People, 1981.

Estos tres libros son los volúmenes introductorios a la Programación Neuro-lingüística, enseñada como un tipo de terapia, pero también como una forma de aprender a relacionarse con los demás. Trance-Formaciones discute las formas de inducir al trance y Reestructuración enseña a contar cuentos. Entrenamiento indispensable en la observación y la comunicación.

Progoff, Ira. *At a Journal Workshop.* New York: Dialogue House, 1975.

_____. *The Practice of Process Meditation.* New York: Dialogue House, 1980.

El método intensivo de diario es una forma particular de llevar un diario que rebusca muy profundamente en las emociones, en la concepción mundial y en las experiencias del diarista. Bueno para la exploración más profunda de las posibilidades del diario.

Rainier, Tristine. *The New Diary: How to Use a Journal for Self-Guidance and Expanded Creativity.* East Rutherford, NJ: Putnam Publishing Group, 1979.

> Rainier abarca las técnicas y los aspectos básicos de llevar un diario e incluye discusiones sobre la integración del diario con un registro de sueños, el diario como terapia y el diario como una forma de magia consciente.

Roberts, Jane. *The Nature of Personal Reality.* New York: Bantam Books, 1984.

_____. *Seth Speaks.* New York: Bantam Books, 1984.

> Roberts fue uno de los primeros canalizadores. A diferencia de los Espiritualistas, quienes hablaban a los espíritus muertos, los canalizadores hablan con frecuencia a los espíritus de otras galaxias. Roberts contacta a Seth, el cual es un espíritu extraterrestre. Cualquiera que sea su sistema de creencia personal, los libros de Seth forman un interesante reto a la forma en que pensamos acerca de cómo funciona el mundo.

Silva, José. *Silva Mind Control Method.* New York: Pocket Books, 1982.

> Silva combinó la auto-hipnosis con las técnicas de visualización y de afirmación, junto con algunas ideas terapéuticas creativas de sí mismo para crear un sistema que les presentó a muchas personas la idea de que usted puede moldear su propia vida.

Tohei, Koichi. *Ki in Daily Life.* Ki No Kenyukai, Japón: Japan Publications Trading Company, 1978.

Este libro resume los fundamentos del entrenamiento de las artes marciales, incluyendo ejercicios de energía, respiración y disciplina. Entrenamiento fundamental, el cual parece muy simple. El libro más importante en esta bibliografía.

Waite, Arthur Edward. *The Original Rider Waite Tarot Pack.* 1909. Reimpresión, Stamford, CT: U.S. Games, 1993.

Ilustrado por Pamela Colman Smith, esta fue la primera baraja en incluir figuras en las cartas. La primera baraja clásica para muchos facultativos de la magia.

Williams, Strephon Kaplan. *The Jungian-Senoi Dreamwork Manual.* Berkeley, CA: Journey Press, 1980.

A medida que el Senoi se ha venido integrando en la red de comunicaciones mundial, han venido aclarando sus técnicas del trabajo de sueños, las cuales se tornan muy diferentes a las fantasías románticas giradas por las personas que inicialmente popularizaron su nombre. Dicho esto, este libro está mayormente basado en el trabajo moderno de Williams y otros, quienes están inventando técnicas muy interesantes para recordar, comprender e interactuar con el proceso de sueño.

Índice